记忆像铁轨一样长

余光中 著

广西师范大学出版社

桂林

记忆像铁轨一样长
JIYI XIANG TIEGUI YIYANG CHANG

本书由台北九歌出版社有限公司授权出版
经明洲凯琳国际文化传媒（北京）有限公司代理
著作权合同登记号桂图登字：20-2024-039 号

图书在版编目（CIP）数据

记忆像铁轨一样长 / 余光中著. -- 桂林：广西师范
大学出版社，2024.6
　　ISBN 978-7-5598-6891-6

　　I. ①记… II. ①余… III. ①散文集－中国－当代
IV. ①I267

　　中国国家版本馆 CIP 数据核字（2024）第 077548 号

广西师范大学出版社出版发行

（广西桂林市五里店路 9 号　邮政编码：541004）
（网址：http://www.bbtpress.com）
出版人：黄轩庄
全国新华书店经销
广西广大印务有限责任公司印刷
（桂林市临桂区秧塘工业园西城大道北侧广西师范大学出版社
集团有限公司创意产业园内　邮政编码：541199）
开本：787 mm × 1 092 mm　1/32
印张：7.75　　　　字数：150 千
2024 年 6 月第 1 版　　2024 年 6 月第 1 次印刷
定价：58.00 元

自序

　　《记忆像铁轨一样长》是我的第一本纯散文集。我这一生写过不少抒情散文，其中有长篇，也有小品，但是从《左手的缪思》(《左手的缪斯》)[1]到《青青边愁》，每逢出书，抒情散文总是和专题论文、书评、序言、杂文等各色文体并列在同一个封面之下，其结果，当然是体例不纯。所以从五年前的《分水岭上》起，我就把自己的文章一分为二，像山岭分开水域那样，感性的归感性，知性的归知性，分别出书。

---

[1] 全书外国人名、地名等保留原貌，只以括注方式标注现在通行译法。——编注

　　自从《青青边愁》以来，我的抒情散文一直还不曾结集。《青青边愁》里最晚的散文，如《花鸟》《思台北，念台北》等，都已是九年前的作品了。这本《记忆像铁轨一样长》收集的二十篇①散文，以写作时间而言，始于一九七八年冬天而终于一九八五年夏天，前后历时七年。其间一九八〇年最为多产，共得五篇，而一九七九年却一篇也没有。散文产量之多寡，与我当时其他文体的写作有关：寡产之年说不定我正忙于写论文，或正耽于写诗。一九八五年二月至八月，我为《联合副刊》的专栏《隔海书》写了三十篇左右的杂文小品，其中不无可留之作，但因篇幅较短，笔法不同，当与我回台后的其他小品合出一书，所以就不收入此集了。

　　这漫长的七年，除了有一年（一九八〇至一九八一年）我回台北客座，其余都在沙田度过。永难忘记当日在书斋面海的窗下写这些散文，吐露港的波光，八仙岭

---

① 本次修订共收录十八篇，未收录的两篇为《鸦片战争与疝气》《罗素的弹弓》。——编注

的山色，都妩媚照人脸颊。集里的《沙田七友记》写于我香港时期的盛时。那时我在沙田已经住了四年，生活大定，心情安稳，不但俯仰山水，而且涵濡人文，北望故园，东眷故岛，生命的棋子落在一个最静观的位置。教了半辈子书，那是第一次住进校园，不但风景绝佳，有助文气，而且谈笑多为鸿儒，正可激荡文思。沙田的文苑学府，高明的人物那时当然不止七位，例如当时久已稔熟的黄国彬和后来交往渐密的梁锡华，在我的香港时期，便一直是笔墨相濡声气相应的文友。

《牛蛙记》《吐露港上》《春来半岛》几篇所表达的，仍不失这种正盛方酣的沙田心情。同样是写香港的天地，《山缘》和《飞鹅山顶》在一九九七年香港回归和临别的压力下，感情的张力就比前三篇要饱满得多。《山缘》是我对香港山水的心香巡礼，《飞鹅山顶》则是我对香港山水的告别式了。十年的沙田山居，承蒙山精海灵的眷顾，这几篇作品就算是我的报答吧。如果说徐霞客是华山夏水的第一知音，我至少愿做能赏香港山水的慧眼。

尽管如此，当时隔着茫茫烟水，却也没有一天忘记了台湾。《没有人是一个岛》正是我回首东顾所打的一个台湾结,其线头也缠进了《轮转天下》和《记忆像铁轨一样长》。其实即使在香港时期,台北也一直在我的"双城记"里,每年回台北的次数不断增加。《秦琼卖马》《我的四个假想敌》《开卷如开芝麻门》三篇都是回台北小住所写;写最后这一篇时,正当三年前的端午季节,父亲重病住院,我放下一切,从香港赶回来侍疾,心情不胜凄惶,却因答应过"联副",不得不勉力成文。

去年九月我离开香港,天晓得,不是抛弃香港,只是归位台湾。其实也没有归回原位,因为我来了高雄。当然,就算重回台北,也不能再归回原位。逝者如斯,既已抽足,自非前流。

作家常有诗文同胎的现象:苏轼的《念奴娇》与《赤壁赋》便是一例。在本集里,《牛蛙记》便跟《惊蛙》一诗同胎异育。《记忆像铁轨一样长》的同胞,便包括《九广路上》《九广铁路》《老火车站钟楼下》《火车怀古》等诗。《北欧行》也是《哥本哈根》同根所生。至于本集中的五篇山水记,若在同时的诗集《与永恒拔河》《隔水观音》《紫荆赋》里寻找,至少有二十首诗是表亲。作家对于自己关心的题材,横看成岭,侧看成峰,而再三摹写以穷尽其状,一方面固然是求材尽其用，一方面对自己的弹性与耐力，以及层出不穷的创意，也是很苛的考验。

双管在握的作家要表现一种经验时，怎能决定该用诗还是散文呢？诗的篇幅小，密度大，转折快，不能太过旁骛细节，散文则较多回旋的空间。所以同一经验，欲详其事，可以用散文，欲传其情，则宜写诗。去年初夏，和沙田诸友爬山，从新娘潭一直攀上八仙岭，终于登上纯阳峰，北望沙田而同声欢呼者共为六人：梁锡华伉俪、刘述先、朱立、黄国彬和我。当时登高望远临风长啸的得意之情，加上回顾山下的来路，辛苦，曲折，一端已没入人间，那一份得来不易的成就感，用诗来歌咏最能传神。用散文也能，若是那作者笔下富于感性，在叙事、抒情之外尚能状物写景。可惜纯散文家里有一半不擅此道。另一方面，若要记述事情的始末，例如还有哪些游伴留在山下，为什么不曾一起仰攀，有谁半途而回，是谁捷足先登，是谁掌管水壶，是谁在峰顶为众人的狂态拍下照片，甚至谁说了一句什么妙语，若要详记这些旁枝细节，用散文，就方便得多了。诗一上了节奏的虎背，就不能随便转弯，随便下来。诗要叙事，只有一个机会，散文就从容多了。

在中国的文学传统里，以文为诗，常受批评，但是反过来以诗为文，似乎无人非议，这是很有趣的现象。大致说来，散文着重清明的知性，诗着重活泼的感性。以诗为文，固然可以拓展散文的感性，加强散文想象的活力，但是超过了分寸，量变成为质变，就不像散文了。

史密斯（Logan Pearsall Smith）编英国散文选，所选作品多半以诗为文，句法扭曲，辞藻缤纷，语气则慷慨激昂，结果卡莱尔的呼喝腔调入选颇多，朱艾敦的畅达文体却遭排拒。克勒登·布洛克（**克拉顿－布罗克**，Arthur Clutton-Brock）批评这种观念说："他认为英国的散文在最像诗的时候才最了不起；他认为英国的散文被诗的光芒所笼罩，几乎成了诗的穷亲戚。法国人看到他编的这本散文选会说：'这一套真是雄壮极了，但是不能算散文。写出这种作品来的民族，能高歌也能布道，但是不会交谈。'"

散文可以向诗学一点生动的意象、活泼的节奏和虚实相济的艺术，然而散文毕竟非诗。旗可以迎风而舞，却不可随风而去，更不能变成风。把散文写成诗，正如把诗写成散文，都不是好事。

　　我曾经戏称诗人写散文为"诗余"，更自谓"右手为诗，左手为文"，令人感觉好像散文不过是我的副业，我的偏才，我写诗之余的外遇。一般评论家接受这个暗示，都喜欢说我"以诗为文"；言下之意，有些人不以为然，但更多的人却首肯或者默许。三十几岁时，我确是相当以诗为文，甚至有点主张为文近诗。现在，我的看法变了，做法也跟着变了。

　　说一位诗人能写散文，因为他以诗为文，未必是恭维。这好比是说，他是靠诗护航而进入散文国境的，又好比是靠诗的障眼法来变散文的戏法，算不得当行本色。其实，我写过的散文里面，虽有许多篇抒发诗情画意，放乎感性，但也有不少篇追求清明的知性，原是本位的散文。在这本散文新集里，诸如《沙田七友记》《没有人是一个岛》《我的四个假想敌》《开卷如开芝麻门》《爱弹低调的高手》《横行的洋文》《何以解忧？》等篇，应该都是本位散文，不是以诗为文就文得起来的。这些作品应该是散文的居民，不是游客。我的三十篇"隔海书"，也是如此。

　　散文不是我的诗余。散文与诗，是我的双目，任缺其一，世界就不成立体。正如佛罗斯特（弗罗斯特）所言:"双目合,视乃得。"(My two eyes make one in sight.)

一九八六年十二月于西子湾

目 录

催魂铃

一百年前发明电话的那人，什么不好姓，偏偏姓"铃"（Alexander Bell），真是一大巧合。电话之来，总是从颤颤的一串铃声开始，那高调，那频率，那精确而间歇的发作，那一叠连声的催促，凡有耳神经的人，没有谁不悚然惊魂，一跃而起的。最吓人的，该是深夜空宅，万籁齐寂，正自杯弓蛇影之际，忽然电话铃声大作，像恐怖电影里那样。旧小说的所谓"催魂铃"，想来也不过如此了。王维的辋川别墅里，要是装了一架电话，他那些静绝清绝的五言绝句，只怕一句也吟不出了。电话，真是现代生活的催魂铃。电话线的天网恢恢，无远弗届，只要一线袅袅相牵，株连所及，我们不但遭人催魂，更往往催人之魂，彼此相催，殆无已时。古典诗人常爱夸张杜鹃的鸣声与猿啼之类，说得能催人老。于今猿鸟去人日远，倒是格凛凛不绝于耳的电话铃声，把现代人给催老了。

古人鱼雁往返，今人铃声相迫。鱼来雁去，一个回合短则旬月，长则经年，那天地似乎广阔许多。"晚来天欲雪，能饮一杯无?"那时如果已有电话，一个电话刘十九就来了，结果我们也就读不到这样的佳句。至于"断无消息石榴红"，那种天长地久的等待，当然更有诗意。据说阿根廷有一位邮差，生就拉丁民族的洒脱不羁，常把一袋袋的邮件倒在海里，多少叮咛与嘱咐，就此付给了鱼虾。后来这家伙自然吃定了官司。我国早有一位殷洪乔，把人家托带的百多封信全投在江中，还祝道："沉者自沉，浮者自浮，殷洪乔不能作致书邮!"

这位逍遥殷公，自己不甘随俗浮沉，却任可怜的函书随波浮沉，结果非但逍遥法外，还上了《世说新语》，成了任诞趣谭。如果他生在现代，就不能这么任他逍遥，因为现代的大城市里，电话机之多，分布之广，就像工业文明派到家家户户去卧底的奸细，催魂的铃声一响，没有人不条件反射地一弹而起，赶快去接，要是不接，它就跟你没完没了，那高亢而密集的声浪，锲而不舍，就像一排排嚣张的惊叹号一样，滔滔向你卷来。我不相信魏晋名士乍闻电话铃声能不心跳。

至少我就不能。我家的电话，像一切深入敌阵患在心腹的奸细，竟装在我家文化中心的书房里，注定我一夕数惊，不，数十惊。四个女儿全长大了，连"最小偏怜"的一个竟也超过了《边城》里翠翠的年龄。每天晚上，热门的电视节目过后，进入书房，面对书桌，正要开始我的文化活动，她们的男友们（？）也纷纷出动了。我用问号，是表示存疑，因为人数太多，讲的又全是广东话，我凭什么分别来者是男友还是天真的男同学呢？总之我一生没有听过这么多陌生男子的声音。电话就在我背后响起，当然由我推椅跳接，问明来由，便扬声传呼，辗转召来"他"要找的那个女儿。铃声算是镇下去了，继之而起的却是人声的哼哼唧唧，喃喃喋喋。被铃声惊碎了的静谧，一片片又拼了拢来，却夹上这么一股昵昵尔汝、不听不行、听又不清的涓涓细流，再也拼不完整。世界上最令人分心的声音，还是人自己的声音，尤其是家人的语声。开会时主席滔滔的报告，演讲时名人侃侃的大言，都可以充耳不闻，别有用心，更勿论公交车上渡轮上不相干的人声鼎沸，唯有这家人耳熟的声音，尤其是向着听筒的窃窃私语、叨叨独白，欲盖弥彰，似抑实扬，却又间歇不定，笑嗔无常，最能乱人心意。你当然不会认真听下去，可是家人的声音，无论是音色和音调，太亲切了，不听也自入耳，待要听时，却轮到那头说话了，这头只剩下了唯唯诺诺。有意无意之间，一通电话，你听到的只是零零碎碎、断断续续的"片面之词"，在朦胧的听觉上，有一种半盲的幻觉。

好不容易等到叮吟一声挂回听筒，还我寂静，正待接上断绪，重新投入工作，铃声响处，第二个电话又来了。四个女儿加上一个太太，每人晚上四五个电话，催魂铃声便不绝于耳了。像一个现代的殷洪乔，我成了五个女人的接线生。有时也想回对方一句"她不在"，或者干脆把电话挂断，又怕侵犯了人权，何况还是女权，在一对五票的劣势下，怎敢冒天下之大不韪？

绝望之余，不禁悠然怀古，想没有电话的时代，这世界多么单纯，家庭生活又多么安静，至少房门一关，外面的世界就闯不进来了，哪像现代人的家里，肘边永远伏着这么一枚不定时的炸弹。那时候，要通消息，写信便是。比起电话来，书信的好处太多了。首先，写信阅信都安安静静，不像电话那么吵人。其次，书信有耐性和长性，收到时不必即拆即读，以后也可以随时展阅，从容观赏，不像电话那样即呼即应，一问一答，咄咄逼人而来。"星期三有没有空？""那么，星期四行不行？"这种事情必须当机立断，沉吟不得，否则对方会认为你有意推托。相比之下，书信往还，中间有绿衣人或蓝衣人作为缓冲，又有洪乔之误周末之阻等等的借口，可以慢慢考虑，转肘的空间宽得多了。书信之来，及门而止，然后便安详地躺在信箱里等你去取，哪像电话来时，"登堂入室"，直捣你的心脏，真是"迅铃不及掩耳"。一日二十四小时，除了更残漏断、英文所谓"小小时辰"，谁也抗拒不了那催魂铃武断而坚持的命令，无论你正做着什么，都得立刻放下来，向它"交耳"。周公"一沐三握发，一饭三吐哺"，是为接天下之贤士，我们呢，是为接电话。谁没有从浴室里气急败坏地裸奔出来，一手提裤，一手去抢听筒呢？岂料一听之下，对方满口日文，竟是错了号码。

电话动口，书信动手，其实写信更见君子之风。我觉得还是老派的书信既古典又浪漫；古人"呼儿烹鲤鱼，中有尺素书"的优雅形象不用说了，就连现代通信所见的邮差、邮筒、邮票、邮戳之类，也都有情有韵，动人心目。在高人雅士的手里，书信成了绝佳的作品，进则可以辉照一代文坛，退则可以怡悦二三知己，所以中国人说它是"心声之献酬"，西洋人说它是"最温柔的艺术"。但自电话普及以后，朋友之间要互酬心声，久已勤于动口而懒于动手，眼看这种温柔的艺术已经日渐没落了。其实现代人写的书信，甚至出于名家笔下的，也没有多少够得上"温柔"两字。

也许有人不服，认为现代人虽爱通话，却也未必疏于通信，圣诞、新年期间，人满邮局信满邮袋的景象，便是一大例证。其实这景象并不乐观，因为年底的函件十之八九都不是写信，只是在印好的贺节词下签名而已。通信"现代化"之后，岂但过年过节，就连贺人结婚、生辰、生子，慰人入院、出院、丧亲之类的场合，也都有印好的公式卡片任你"填表"。"听说你离婚了，是吗？不要灰心，再接再厉，下一个一定美满！"总有一天会出售这样的慰问明信片的。所谓"最温柔的艺术"，在电话普及、社交卡片泛滥的美国，是注定要没落的了。

甚至连情书，"最温柔的艺术"里原应最温柔的一种，怕也温柔不起来了。梁实秋先生在《雅舍小品》里说："情人们只有在不能喁喁私语时才要写信。情书是一种紧急救济。"他没有料到电话愈来愈发达，情人情急的时候是打电话，不是写情书，即使山长水远，也可以两头相思一线贯通。以前的情人总不免"肠断萧娘一纸书"，若是"玉珰缄札何由达"，就更加可怜了。现代的情人只拨那小小的转盘，不再向尺素之上去娓娓倾诉。麦克鲁恒（麦克卢汉）说得好，"消息端从媒介来"，现代情人的口头盟誓，在十孔盘里转来转去，铃声叮咛一响，便已消失在虚空里，怎能转出伟大的爱情来呢？电话来得快，消失得也快，不像文字可以永垂后世，向一代代的痴顽去求印证。我想情书的时代是一去不返了，不要提亚伯拉德（阿伯拉尔）和哀绿绮思（艾洛伊斯），即使近如徐志摩和郁达夫的多情，恐也难再。

有人会说："电话难道就一无好处吗？至少即发即至，随问随答，比通信快得多啊！遇到急事，一通电话可以立刻解决，何必劳动邮差摇其鹅步，延误时机呢？"这我当然承认，可是我也要问，现代生活的节奏调得这么快，究竟有什么意义呢？你可以用电话去救人，匪徒也可以用电话去害人，大家都快了，快，又有什么意义？

> 客从远方来，遗我一书札。
> 上言长相思，下言久离别。
> 置书怀袖中，三岁字不灭。
> 一心抱区区，惧君不识察。

在节奏舒缓的年代，一切都那么天长地久，耿耿不灭，爱情如此，一纸痴昧的情书，贴身三年，也是如此。在高速紧张的年代，一切都即生即灭，随荣随枯，爱情和友情，一切的区区与耿耿，都被机器吞进又吐出，成了车载斗量的消耗品了。电话和电视的恢恢天网，使五洲七海千城万邑缩小成一个"地球村",四十亿兆民都迫到你肘边成了近邻。人类愈"进步",这大千世界便愈加缩小。英国记者魏克说,孟买人口号称六百万,但是你在孟买的街头行走时,好像那六百万人全在你身边。据说有一天附带电视的电话机也将流行,那真是无所逃于天地之间了。《二〇〇一年:太空放逐记》(《2001:太空漫游》)的作者克拉克曾说:到一九八六年我们就可以跟火星上的朋友通话,可惜时差是三分钟,不能"对答如流"。我的天,"地球村"还不够,竟要去开发"太阳系村"吗?

野心勃勃的科学家认为,有一天我们甚至可能探访太阳以外的太阳。但人类太空之旅的速限是光速,一位航天员从二十五岁便出发去织女星,"长征"归来,至少是七十七岁了,即使在途中他能因"冻眠"而不老,世上的亲友只怕也多半为鬼了。"空间的代价是时间",一点也不错。我是一个太空片迷,但我的心情颇为矛盾。从《二〇〇一年》到《第三类接触》,一切太空片都那么美丽、恐怖而又寂寞,令人"念天地之悠悠,独怆然而涕下"。而尤其是寂寞,唉,太寂寞了。人类即使能征服星空,也不过是君临沙漠而已。

长空万古,渺渺星辉,让一切都保持点距离和神秘,可望而不可即,不是更有情吗?留一点余地给神话和迷信吧，何必赶得素娥青女都走投无路，"逼神太甚"呢？宁愿我渺小而宇宙伟大，一切的江河不朽，也不愿进步到无远弗届，把宇宙缩小得不成气象。

对无远弗届的电话与关山阻隔的书信，我的选择也是如此。在英文里，叫朋友打个电话来，是"给我一声铃"。催魂铃吗，不必了。不要给我一声铃，给我一封信吧。

一九八〇年愚人节

牛蛙记

　　惊蛰以来，几场天轰地动的大雷雨当顶砸下，沙田一带，嫩绿稚青养眼的草木，到处都是水汪汪的，真有江湖满地的意思。就在这一片淋漓酣饱之中，蛙声遍地喧起，来势可惊。雨下听新蛙，阡陌呼应着阡陌，好像四野的水田，一夜之间蠢蠢都活了过来。这是一种比寂静更蛮荒的寂静。群蛙噪夜，可以当作一串串彼此引爆的地雷，不，水雷，当然没有天雷那么响亮，只能算天雷过后，满地隐隐的回声罢了。

　　不知怎的，从小对蛙鸣便有好感。现在反省起来，这种好感之中，不但含有乡土的亲切感，还隐隐藏着自然的神秘感，于是一端近乎水草，另一端却通于玄想和禅境了。孔稚珪庭草不剪，中有蛙鸣。王晏闻之曰："此殊聒人。"

稚珪答曰："我听鼓吹，殆不及此。"所谓鼓吹，是指鼓钲箫笳之乐，足见孔稚珪认为人籁终不及天籁，真是蛙的知己。

沙田在中国南端的一角小半岛上，亚热带的气候，正是清明过了，谷雨方甘。每到夜里，谷底乱蛙齐噪，那一片野籁袭人而来，可以想见在水浒草间，无数墨绿而黏滑的乡土歌手，正摇其长舌，鼓其白腹，阁阁而歌。那歌声此起彼落，一递一接，可说是一场"接力唱"。那充沛富足的中气，就像从春回夏凯的暖土里传来，生机勃勃，比黑人的灵歌更肥沃更深沉。夜蛙四起，我坐其中，听初夏的元气从大自然丹田的深处叱咤呼喝，漫野而来。正如韩愈所说，"天之于时也亦然，择其善鸣者而假之鸣"，冥冥之中，蛙其实是夏的发言人，只可惜大家太忙了，无暇细听。当然，天籁里隐藏的天机，玄乎其玄，也不是完全听得懂的。有时碰巧夜深人静，独自盘腿闭目，行瑜伽吐纳之术，一时血脉畅通，心境豁然，蛙声盈耳，浑然忘机，竟似户外鼓腹鼓噪者为我，户内鼓腹吐纳者为蛙，人蛙相契，与夏夜合为一体了。

但是有一种蛙却令我难以浑然忘机，那便是蛙中之牛，所谓牛蛙。大约在五年前的夏天，久旱无雨，一连几夜听到它深沉而迟缓的低哞，不识其为何物，只有暗自纳罕。

不久，我存也注意到了。晚饭后我们在屋后的坡上散步，山影幢幢，星光幽诡之中，其声闷闷然，郁郁然，单调而迟滞地从谷底传来，一哼一顿，在山间低震而隐隐有回声，像巨人病中的呻吟。两人停下步来，骇怪了一会，猜想那不是谷底的牛叫，就是樟树滩村里哪户人家在推磨。但哪家的牛会这么一叠连声地哞之不休，哪家的人会这么勤奋，走马灯似的推磨不停，又教我们好生不解。后来睡到床上，万籁寂寞，天地之间只有那谜样的魔样的怪声时起时歇，来枕边祟人。有时那声音一呼一应，节拍紧凑，又像是有两头牛在对吟，益增疑惧。

这么过了几夜，其声忽歇，天地清静。日子一久，也就把这事给忘了：牛魔王也好，鬼推磨也好，随它去吧，只要我一枕酣然，不知东方之既白。直到有一晚，其声无缘无故，忽焉又起。我们照例散步上山，一路狐疑不解，但其声远在谷底，我们无法求证，也莫可奈何。就在这时，迎面来了光生伉俪，四人停下来聊天。提起怪声，我不免征询他们的意见，不料光生立刻答道：

"那是牛蛙。"

"什么？是牛蛙？"我们大吃一惊。

"对呀，就在楼下的阴沟里。"

"这么近！怪不得。"

"吵死人了，"轮到光生的太太开口，"整夜在我们楼下吼叫，真受不了。有一次我们烧了两大锅开水，端到阴沟的铁格子盖上，兜头兜脑浇了下去。"

"后来呢？"我存紧张地追问。

"就没有声音了。"

"真是——好肉麻。"

说到这里，四个人都笑了。但是在哗哗的牛蛙声中回到家里，我的内心却不轻松。模糊的猜疑一下子揭晓，变成明确的威胁——远虑原来竟是近忧！就在楼下的阴沟里！怪不得那么震人耳鼓，扰人心神！那笨重而鲁钝的次男低音，有了新的意义。几星期来游移不定的想象，忽然有了依附的对象。原来是牛蛙，怪不得声蛮如牛。《伊索寓言》有一则说蛙鼓足了气，要跟牛比大，使我想起，牛蛙的体格虽不如牛，气魄却不多让，那么有限的肺活量，怎能蕴含那么超人，不，"超蛙"的音量。如果它真的体大如牛，那么一匹长舌巨瞳的墨绿色两栖妖兽，伏地一吼，哮声之深邃沉洪，不知该怎样加倍骇人。我立刻去翻词典，词典说牛蛙又名喧蛙，雌蛙体长二十厘米，雄蛙十八厘米，为世上最大之蛙，又说其鼓膜之大，为眼径四分之三。喧蛙之名果不虚传，也难怪听了聒耳惊心，令人蠢蠢不安。

知道了那是什么之后，侧耳再听，果然远在天边，近在跟前，觉得那阴郁的低调，锲而不舍，久而不衰，在你的耳神经上像一把包了皮的钝锯子拉来拉去，真是不留伤痕的暗刑。那哮声在小怪物的丹田里发动，在它体内已着魔似的共鸣一次，到了它蹲伏的阴沟之中，变本加厉，又共鸣一次，愈显得夸大吓人。为它取一个绰号，叫"阴沟里的地雷"，谁曰不宜？不用多说，那一夜我翻来覆去，到后半夜才含糊入梦。

扰攘数夜之后，其声忽又止息。未几夏残秋至，牛蛙的威胁也就淡忘了。到了第二年初夏，第一声牛蛙发难，这一次，再无猜谜的余地。我存和我相对苦笑，两人互慰了一阵，准备用民主元首容忍言论自由的胸襟，来接受这逆耳之声。不过是几只小牛蛙在彼此唱和罢了，有什么好大惊小怪？这么一想，虽未全然心安，却似乎已经理得了。于是一任"阴沟里的地雷"一吼一答，互相引爆，只当没有听见。但此情恰如李清照所言，"才下眉头，却上心头"，自命不在乎了几天之后，那鲁钝而迟滞的单调苦吟，像一把毛哈哈的刷子一下又一下地曳过心头，更深人静的那一点清趣，全给毁了。

终于有一天晚上，容忍到了极限，光生伉俪烧水伏魔的一幕蓦地兜上心来。我去厨房里找来一大筒滴滴涕，又用手帕把嘴鼻蒙起，在颈背上打一个结，便冲下楼去。草地尽头，在几株幼枫之下，是一条长而曲折的排水阴沟，每隔丈许，便有两个长方形的铁格子沟盖。我沿沟巡了一圈，发现那郁闷困顿的呻吟，经过长沟的反激，就近听来，益发空洞而富回声，此呼彼应，竟然有好几处。较远的几处一时也顾不了，但近楼的一处铁格子盖下，郁叹闷哼的哞声，对我卧房的西窗最具威胁。我跪在草地上，听了一会，拾来一截长近三尺的枯松枝，伸进沟去捣了几下。哞声戛然而止。但盖孔太小，枯枝太弯，沟又太深，我知道"顽敌"只是一时息鼓，并未受创，只要我一转背，这潜伏的危机又会再起。我蓦地转过身去，待取背后的滴滴涕筒，忽见人影一闪。

"吉米。"原来是三楼张家的幺弟。

"余伯伯，你在做什么？"吉米见我半个脸蒙住，也微吃了一惊。

"赶牛蛙。这些东西吵死人。"

"牛蛙？什么是牛蛙？"

"牛蛙就是——特别大的青蛙。如果你是青蛙，我就是牛蛙。"

"老师说，青蛙吃害虫，对人类有益处。"

"可是它太吵人，就成了害虫，所以——"说到这里，我忽然觉得自己毫无理由，便拿起滴滴涕筒，对吉米说，

"站开些，我要喷了！"

说着便猛按筒顶的活塞，像纳粹的狱卒一样，向沟中之囚施放毒气。一时白烟飞腾，隔着手帕，仍微微嗅到呛人的瓦斯臭味。吉米在一旁咳起嗽来。几番扫射之后，滴滴涕筒轻了，想沟中毒气弥漫，"敌阵"必已摧毁无余。听了一会，更无声息，便牵了吉米的手回到屋里。

果然肃静了。只有远处的几只还在隐隐地呻吟，近处的这只完全缄默了，今晚可以高枕无忧。也许它已经中毒，正在垂死挣扎，本已扭曲的四肢更加扭曲。威胁一下子解除，我忽然感到胜利者的空虚和疲劳。为了耳根清净，就值得牺牲一条性命吗？带着淡淡的内疚，我蒙眬地睡去。

第二天夜里，河清海晏，除了近处的虫吟细细，远村的犬吠荒荒，天地阒然无声。寂寞，是最耐听的音乐。它是听觉的休战状态，轻柔的静谧俯下身来，抚慰受伤的耳朵。我欣然摊开东坡的诗集，从容地咏味起来。正在这时，心头忽然像被毛刷子刷了一下，那哞声又开始了。那冥顽不灵的苦吟低叹，像一群不死不活的病牛，又开始它那天长地久无意无识的喧闹。我绝望地阖上诗集。还只当是休战呢，这不是车轮鏖战，存心斗我吗？我冲下楼去，沿着那叵测的阴沟侦察了一周。有七八只之多，听上去，那中气之足，打一场消耗战绝无问题。它们只要一贯其愚蠢，轮番地哼哼又哈哈，就可以逸待劳，毁掉我一个晚上。

我冲回楼上，恶向胆边生。十分钟后，我提了满满一桶肥皂粉冲泡的水，气喘咻咻地重返阵地。近处的铁格子盖下，昨夜以为肃清了的，此刻吼得分外有劲，像在嘲弄我早熟的乐观。是原来的那只秋毫无损呢，还是别处的沟里又补来了一只？带着受了骗的恼羞成怒，我把一整桶"毒液"兜头直淋了下去。沟底溅起了回声，那怪物魔呓了两声，又装聋作哑起来。我又回到楼上，提来又一桶酵得白沫四起的肥皂粉水，向一盖一盖的空格灌了下去。一不做，二不休，又取来滴滴涕，向所有的洞口逐一喷射过去。

这么折腾了一个多钟头，我倒是累了。睡到床上，还未安枕，那单调而有恶意的哼哈又起，一呼群应，简直是全面反击。我相信那支"地下游击队"已经不朽，什么武器都不会见效了。

"真像他妈的××！"

"你在说什么？"枕边人醒过来，惺忪地问道。

第三年的夏天，之藩从美国来香港教书，成为我沙田山居的近邻，山间的风起云涌，鸟啭虫吟，日夕与共。起初他不开车，峰回路转的闲步之趣，得以从容领略。不过之藩之为人，凡事只问大要，不究细节，想他散步时对于周围发生的一切，也只是得其神髓而遗其形迹，不甚留心。

一天晚上，跟我存在他阳台上看海，有异声起自下方，我存转身去问之藩：

"你听，那是什么声音？"

"哪有什么声音？"之藩讶然。

"你听嘛。"我存说。

之藩侧耳听了一会，微笑道："那不是牛叫吗？"

我存和我对望了一眼，我们笑了起来。

"那不是牛，是牛蛙。"她说。"什么？是牛蛙？"之藩吃了一惊，在群蛙声中愣了一阵，然后恍然大悟，孩子似的爆笑起来。

"真受不了，"他边笑边说，"世界上没有比这更单调的声音！牛蛙！"他想想还觉得好笑。群蛙似有所闻，又哞哞数声相应。

"这种闷沉沉的苦哼，一点幽默感都没有，"我存说，"可是你听了却又可笑。"

"不笑又怎么办？"我说，"难道跟它对哼吗？其实这是苦笑，莫可奈何罢了。就像家里来了一个顽童，除了对他苦笑，还有什么办法。"

第二天在楼下碰见之藩，他形容憔悴，大嚷道：

"你们不告诉我还好，一知道了，反而留心去听！那声音单调无趣，真受不了！一夜都没睡好！"

"抱歉抱歉，天机不该泄漏的。"我说，"有一次一位朋友看侦探小说正起劲，我一句话便把结局点破。害得他看又不是，不看又不是，气得要揍我。"

"过两天我太太从台北来，可不能跟她说，"之藩再三叮咛，"她常会闹失眠。"

看来牛蛙之害，有了接班人了。

烦恼因分担而减轻。比起新来的受难者，我们受之已久，久而能安，简直有几分优越感了。

第四年的夏天，隔壁搬来了新邻居。等他们安顿了之后，我们过去做睦邻的初访。主客坐定，茶已再斟，话题几次翻新，终于告一段落。岑寂之中，那太太说：

"这一带真静。"

我们含笑颔首，表示同意。忽然哞哞几声，从阳台外传了上来。

那丈夫注意到了，问道："那是什么？"

"你说什么？"我反问他。

"外面那声音。"那丈夫说。

"哦，那是牛——"我说到一半，忽然顿住，因为我存在看着我，眼中含着警告。她接口道：

"那是牛叫。山谷底下的村庄上，有好几头牛。"

"我就爱这种田园风味。"那太太说。

那一晚我们听见的不是群蛙，而是枕间彼此格格的
笑声。

一九八〇年五月

没有人是一个岛

—— 想起了痖弦的《一九八〇年》

二十三年以前，一位才华初发的青年诗人，向往未来与远方，写了一首乌托邦式的成人童话诗，设想美妙，传诵一时。那首诗叫作《一九八〇年》，作者痖弦，当时只有二十五岁。诗的前两段是这样的：

老太阳从蓖麻树上漏下来，
那时将是一九八〇年。

我们将有一座
费一个春天造成的小木屋，
而且有着童话般红色的顶
而且四周是草坡，牛儿在啮草

而且，在澳洲。

当时的戏言，今朝已来到眼前，这已是一九八○年了。不知怎的，近来时常想起痖弦的这首少作。二十多年来，台湾变了很多，世界整个变了，连诗人向往的澳洲（澳大利亚）也变了不少。痖弦，并没有移民去澳洲，将来显然也不会南迁。这些年来，他去过美国、欧洲、印度、南洋，却始终未去澳洲。

倒是我，去过澳洲两个月，彼邦的大城都游历过，至于草坡上的红顶小屋，也似乎见过一些。八年前的今天，我正在雪梨（悉尼）。如果二十五岁的痖弦突然出现在眼前，问我那地方到底如何，我会说："当然很好，不但袋鼠母子和宝宝熊都很好玩，连三次大战和'文革'都似乎隔得很远。不但如此，台北盆地正热得要命，还要分区节水，那里却正是清凉世界，企鹅绅士们都穿得衣冠楚楚，在出席海滨大会。不过，如果我是你，就不会急着搬去那里，宁可留在台湾。"

一人之梦，他人之魇。少年痖弦心中的那片乐土，在"澳厮"（Aussie）们自己看来，却没有那么美好。远来的和尚会念经，远方的经也似乎好念些，其实家家的经都不好念。

澳洲并不全是草地，反之，浩阔的内陆尽是沙漠，又干又热，一无可观。我在沙漠的中心，爱丽丝（爱丽斯）泉，曾经住过一夜。那小镇只有一条街，从这头踱到那头，不过一盏茶的工夫。树影稀疏的街口，外面只有一条灰白的车路，没向万古的荒沙之中。南北两边的海岸，都在一千公里以外，最近的大都市更远达一千五百公里，真是遁世的僻乡了。只是到了夜里，人籁寂寂，天籁齐歇，像躺在一只坏了的表里，横听竖听，都没有声音。要不是袋里还有张回程的机票，真难相信我还能生还文明。

澳洲的名诗人，我几乎都见过了。侯普（霍普，A. D. Hope）赠我的书中，第一首诗便是他的名作《澳洲》，劈头第一句便诅咒他的乡土，说它是一片"心死"的大陆，令我大为惊颤。澳洲的大学招不足学生，一来人口原就稀少，二来中学毕业就轻易找到工作。大学教授向我埋怨，说一个月的薪水，百分之四十几都纳了税。雪梨的街头也有不少盗匪，夜行人仍要小心。坎贝拉（堪培拉）公园里，有新几内亚的土人扎营守坐，作独立运动之示威，令陪我走过的澳洲朋友感到尴尬。东北岸外，法国人正在新加里多尼亚（新喀里多尼亚）岛附近试验核爆，令澳洲青年愤怒示威。谁说南半球见不到蕈状云呢？

如果还有谁对那片"乐土"抱有幻想，他不妨去看看澳洲自制的连续剧《女囚犯》。这一部电视片长达三十集，主要的场景是澳洲一座专关女囚犯的监狱；一个个女犯人的故事，当初如何犯法，如何入狱，后来如何服刑，如何上诉，又如何冤情大白，获释出去，都有生动明快的描写。当然女犯人的结局，不都是欢天喜地走出狱门，也有不幸的一群，或死在牢里，或放出去后不见容于社会，反觉天地为窄而牢狱为宽，世情太冷，不如狱中友情之温，宁愿再蹈法网，解回旧狱。澳洲原是古时英国流放罪犯之地，幽默的澳洲朋友也不讳言他们是亡命徒流浪汉的后人。也难怪他们的电视界能推出这么一部铁窗生涯的写实杰作。

痖弦的《一九八〇年》仍不失为一首可爱的好诗，但毕竟是二十多年前的作品，我敢说作者的少年情怀，如今已不再了。那时台湾的新诗风行着异国情调，不但痖弦的某些少作，就连土生土长的叶珊、陈锦标、陈东阳等的作品也是如此。爱慕异国情调，原是青年人理想主义的一种表现。兼以当时台湾的文化、社会、政治各方面都没有现在这么开放，一切都没有现在这么进步，青年作家们多少都有一点"恐闭症"，所以向往外面的世界，也是一种可解的心情，不必动辄说成什么"崇洋"。二十多年下来，我这一辈的心情已经完全相反：以前我们幻想，乐土远在天边。现在大家都已憬然省悟，所谓乐土，岂不正是脚下的这块土地，世界上最美好的岛屿？然则在澳洲和中国台湾之间，今天的痖弦当然是选择自己的家岛。今天，年轻的一代莫不热烈地拥抱这一片土地和这一个社会，认同乡土，一时蔚为风气，诚然十分可喜。但是我们却不应武断划分，说今日的青年皆是，而往日的青年皆非。其实，今日青年之所以有此心态……就是这一份"比得起"的信心，它令今日的青年有回头肯定自己的依据。

二十多年的留学潮似乎是淡下去了。从远扬外国到奉献本土，我国青年态度的扭转，正是民族得救文化新生的契机。人对社会的要求和奉献，应成正比：要求得高，就应奉献得多；有所奉献，才有权力有所要求。对社会只有奉献而不要求，不要求它变得更合理更进步，那是愚忠。"不问收获"，是不对的。反之，对社会只有要求而不奉献，那是狂妄与自私。不过留学潮也不是全无正面的意义，因为我们至少了解了西方，而了解西方之长短正所以了解中国，了解中西之异同。"不到黄河心不死"，许多留学生却是"不到纽约心不死"。同时，远扬外国也还有身心之分。有的人身心一起远扬了，从此做外国人，那也干脆。有的人身在海外而心存本土，地虽偏而心不远，这还是一个正数，不是负数。但是这种人还可分成两类。第一类"心存"的方式，只是对本土的社会提出要求，甚至是苛求，例如"中国为什么还不像美国"等，却忘了他自己并未奉献过什么。第二类"心存"的方式，则是奉献，不论那是曾经奉献，正在奉献，或是准备奉献。这种奉献，虽阻隔于地理，却有功于文化。例如萧邦（肖邦），虽远扬于法国，却以音乐奉献于波兰，然则萧邦在法国，正是波兰的延伸，不是波兰的缩减。"正数"的留学生，都可以作"中国的延伸"看待。

痖弦也曾经两度留学，但到了一九八〇年，却没有像他在早年诗中所预言的，落户在异国。从远扬到回归，正是痖弦这一辈认同台湾的过程，这过程十分重要。时至今日，谁是过客，谁是归人，已经十分清楚。对他这一辈的作家，台湾给他们写作的环境，写作的同伴，出版他们的作品，还给他们一群读者和一些批评家……痖弦属于河南，但是他似乎更属于台湾，当然他完全属于中国。所谓家，不应单指祖传的一块地，更应包括自己耕耘的田。对于在台湾成长的作家，台湾自然就是他们的家。这也许不是"出生权"，却一定是"出力权"。"出力权"，正是"耕者有其田"的意思。《一九八〇年》诗末有这么两句：

我说你还赶做什么衣裳呀，
留那么多的明天做什么哩？

这话颇有心理根据。移民到了澳洲，就到了想象中的天堂，但天堂里的日子其实很闷人，"明天"在天堂里毫无意义，因为它无须争取。我认为，《桃花源记》里的生活虽然美满，但如果要我选择，我宁可跟随诸葛亮在西蜀奋斗，因为诸葛亮必须争取明天，但是明天对桃源中人并无意义。

我知道颇有些朋友以台湾为一岛屿而感到孤立、气馁，也听人说过，台湾囿于地理，文学难见伟大的气魄。这话我不服气。岂不见，拿破仑生在岛上，也死在岛上，却影响了一代的欧陆。说到文学，莎浮（萨福）诞生的莱思波斯（莱斯博斯），萧克利多斯（忒奥克里托斯）诞生的西西里，都是岛屿，而据说荷马也降世于凯奥司岛（希俄斯岛）。日本和英国不用多说，即以爱尔兰而言，不也出了史威夫特（斯威夫特）、王尔德、萧伯纳、叶慈（叶芝）、乔艾斯（乔伊斯）、贝凯特（贝克特）？

苏轼，应该是我国第一位在海岛上写作的大诗人了。他的高见总该值得我们注意。《苏海识余》卷四有这么一则："东坡在儋耳，因试笔尝自书云：'吾始至海南，环视天水无际，凄然伤之曰：何时得出此岛耶？已而思之，天地在积水中，九州在大瀛海中，中国在少海中，有生孰不在岛者？覆盆水于地，芥浮于水，蚁附于芥，茫然不知所济。少焉水涸，蚁即径去，见其类，出涕曰：几不复与子相见！岂知俯仰间之有方轨八达之路乎？念此可以一笑。戊寅九月十二日，与客饮薄酒小醉，信笔书此纸。'"

东坡真不愧旷代文豪，虽自称信笔所之，毕竟胸襟开阔，不以岛居为囿，却说"有生孰不在岛者"。髯苏当时的地理观念，竟和今日的实况相合。痖弦当年要去的澳洲，不正是一个特大号的岛吗？亚、非、欧三大洲，也不过合成一个巨岛。想开些，我们这青绿间白的水陆大球，在太空人眷眷回顾之中，不也只是一座太空岛吗？

不过，苏轼的这一番自宽之词，要慰勉我们接受的，只是地理上的囿限，绝非心理上的自蔽。"俯仰间之有方轨八达之路"，他在文末已经说得明白。他的名句"不识庐山真面目，只缘身在此山中"，更点出客观观点的重要。岛屿只是客观的存在，如果我们竟在主观上强调岛屿的地区主义，在情绪上过分排外，甚至在意识上要脱离中国文化的大传统，那就是地理的囿限又加上心理的自蔽，这种趋势却是不健康的。诗人邓约翰（约翰·多恩）的一段布道词，也是汉明威（海明威）一部小说题名之所本，不妨与苏轼之文并读："没有人是一个岛，自给自足；每个人都是大陆的一部分，整体的一片段。如果一块土被海浪冲走，则欧洲的损失，正如冲走了一角海岬，冲走了你朋友的田

庄或是你自己的田庄。不论谁死了，我都受损，因为我和
人类息息相关。所以不要派人去问，丧钟为谁而敲。丧钟
为你而敲。"

一九八〇年八月四日

秦琼卖马

《隋唐演义》写秦叔宝困在潞州的小客栈里，盘缠耗尽，英雄气短，逼得把胯下的黄骠马牵去西营市待沽："王小二开门，叔宝先出门外，马却不肯出门，径晓得主人要卖他的意思。马便如何晓得卖他呢？此龙驹神马，乃是灵兽，晓得才交五更。若是回家，就是三更天也备鞍辔、捎行李了。牵栈马出门，除非是饮水龁青，没有五更天牵他饮水的理。马把两只前腿蹬定这门槛，两只后腿倒坐将下去。"读到此地，多情的看官们没有不掉泪的。

回台前夕，把胯下四年的旧车卖了，竟也十分依依不舍。汽车不比宝马，原是冥顽不灵之物，卖车的主人也不比秦琼，未到床头金尽的地步，仲夏的香港，更不比潞州的风高气冷，但我在卖车那两天，心情却像秦琼卖马，因为我和那车的缘分，也已到穷途末路了。

对于古英雄，马不但是胯下的坐骑，还是人格的延伸，英雄形象的装饰。项羽而无乌骓，关羽而无赤兔，都不可思议。"所向无空阔，真堪托死生"，简直超乎鞍辔之外，进入玄想的境地了。至于陆游，虽有"铁马秋风大散关"的豪语，在我想象之中，却似乎总是骑匹瘦驴。现代的车辆之中，最近于马的，首推机器脚踏车，至于汽车，其实是介于马和马车之间。美国的汽车便有"野马""战马"之类的名号，足见车马之间的联想，原就十分自然。

马反映了骑者的个性，汽车多少也是如此。买跑车的人跟买旅行车的人，总是有点分别的，开慢车跟开快车，也表现不同的性格。我在丹佛的时候，大学里有一位须发竟茂的美国同事，开一辆长如火车车厢的旅行车，停在小车之间，蔽天塞地，俨然有大巫之概。大家问他，好好一个单身汉，买这么一辆旅行车干什么，他的答复是将来打算养半打孩子。问他太太可有着落，说正在找。我心里暗想，女友见到这么一辆幼儿园校车，怎不吓得回头就逃。果然，到我离开丹佛时，那辆空大的旅行车里，仍然不见女人，孩子更不用提。车格即人格，这位同事"挈妇将雏，拖大带小"的温厚性情，可想而知。

另有一位同事，是位哲学名家，开起车来慢悠悠的，游心太玄，很有康德饭后散步的风度。只是"狭路相逢"，倒要小心一点，如果不巧你的快车跟上了他的慢车，也不得不耐下心来，权充康德的影子，步康德的后尘。不过哲人的低速却低得不很均匀，因为他时常变速，不，"变慢"，一会儿像"稳当推"（andante），一会儿像"赖而兼拖"（larghetto），一会儿又像是"鸭踏脚"（adagio），令步其后尘的车辆无所适从。我们的哲人却"安车当步"，在狭路上领着一长列探头探脑而又超不得车的车队，从容蠕行如一条蜈蚣。一年前，之藩忽然买了一辆米黄色的小车，同事闻讯，一时人人自危。果然米黄小车过处，道路侧目，看他"赖而兼拖"而来，"鸭踏脚"而去，全不像个电子系的教授。

车性即人性，大致可以肯定。王维开起车来，想必跟李白大不相同。我一直想写一首诗，叫"与李白同驰高速公路"。李白生当今日，一定猛骋跑车，到见山非山见水非水的速度，违警与否，却是另一件事。拥有汽车，等于搬两张沙发到马路上，可以长途坐游，比骑马固然有欠生动与浪漫，但设计精密，马力无穷，又快又稳，又可以坐乘多人，只要脚尖微抑，肘腕轻舒，胯下的四轮就如挟了风火一般滚滚不息，历州过郡，朝发午至，令发明木牛流马的孔明自叹不如。还有一点，鞍上的英雄遇上风雨，毕竟十分狼狈，桶形座（bucket seat）上的驾驶人却顶风冒雨，不废驰驱，无论水晶帘外的世界是严冬或是酷暑，车内的气候却由仪表板上按钮操纵。杖屦登临，可以写田园诗。鞍镫来去，可以写江湖诗。但坐在方向盘后，却可以写现代诗，现代的游仙诗。

电钟不停，里程表不断地跳动，我和那辆得胜小车（Datsun 200L）告别时，它已经快满四岁，里程表上已记下两万一千多英里了。这里程，已近乎绕地球的一圈。四年的岁月悠悠转，又兜回了原地，那一切的峰回路转，水远山长，在那迷目的反光小镜里，名副其实都变成"前尘"了。

那辆日产出厂的得胜，最触目的是周身的绿玉色泽和流线型轮廓。细致耐看的绿色之下，更泛出游移不定的一层金光，迎着日辉，尤显得金碧灿然，像艳阳漾在荷叶的上面。车重二五八〇磅，身长一七七英寸，比起我在丹佛开的那辆鹿轩（Impala）来，短了四十英寸，但在地窄街狭的香港，和那些一千六百"西西"的各型小车相较，又显得有些昂藏了。桶形的驾驶座在右面，开车时却要靠左行驶，起初不惯，两星期后也就自然了。朋友来港，我开车到机场迎接，只要是径自走向车右去开门的，一望便知是美国来客，宾主撞在一块，不免相顾失笑。车上了公路，放轮奔驰，路面的起伏回旋，从车底的轮胎和弹簧，隐隐传到髀骨和背肌，麻麻的，有一种轻度催眠的快感。浑圆的方向盘，掌中运转，给人大权在握、一切操之在我的信心。速度上了四十英里，引擎的低吟稳健而轻快，像一只弓背导电喃喃自怡的大猫。四年的日子就绕着这圆盘左右旋转，两万多英里的路程大半耗在马料水到尖沙咀的大埔路上。不记得，在巍巍的狮子山下，曾向深邃的税关投下多少枚买路钱了。朋友从台湾来，想眺望梦里的乡关，载他们去勒马洲"窥边"，去镜中饱饫青青的山脉，脉脉的青山，也不记得有多少回了。最赏心餍目的，是在秋晴的佳日，海色山岚如初拭之镜，驶去屏风的八仙岭下，沿着白净的长堤，一面散步，一面回顾中大的水塔和蜃楼。而如果游兴未央，也会载着思果、之藩、洪娴，深入缥缈的翠微，去探新娘潭、乌腾蛟、三门仔、鹿颈。

迄今驾过三辆车，前二辆高速驰骤，都在新大陆，这一辆的轮印却始终在老大陆的门口徘徊。之藩初到香港，有一次载他去大埔，我说："如果一直朝北开，一会儿就到广州了。"之藩大惊，连呼不可乱来。香港地狭，只得台北县（今新北市）大小，马力强劲的跑车和名牌轿车，在路警眈眈的监视之下，谁也不敢大开油门，突破四十英里的速限，就像一群身怀绝技的侠客，只能规行矩步，揖让

而进，不敢使尽浑身解数。那辆绿玉得胜困在半岛多如蟹
爪的新界，一百十五匹马力施展不开来，在我的腕下最高
时速只到过六十英里，那当然也只是在夜间，十几秒钟的
事情罢了，比起在新大陆的旷野上那种持续而迅疾的滑游
来，真是委屈了它了。有一次我晓发芝加哥，夜抵盖提斯
堡（葛底斯堡），全程六百英里，在香港，我一个月也开
不到这么多路。

中文大学在沙田东北的一座山上，地势略似东海大学，
但波光潋滟，水色迎人，风景更具灵动之美。我住的第六
苑在山的背面，高低约在山腰。开车出门，不是上坡便是
下坡，引擎未热，便要仰攀陡坡，所有车辆莫不气喘咻咻，
或闷闷而哼，或嚣嚣而怨。山道起伏不定，转弯更频，须
不断换挡，而且猛扭方向盘，加以微微隆起的人工路障，
须不断刹车，那辆得胜在委屈之余更饱受折磨，真觉得对
不起它。好在亚热带的气候，连霜都少见，它更不愁陷雪
或溜冰，这一点却胜过以前的两车。

以前的那两架车，曾为我踹冰踏雪，抵御异国凛冽的
长冬，而车厢却拥我如春温，都哪里去了呢？一九六五年
产的"飞镖"，一九六九年出世的"鹿轩"，底特律一胎又
一胎的漂亮孩子，在迎新汰旧的美国，怕早已肢体残缺，
玻璃不全，枕尸叠骸地欹侧在公路边的废车坟场了吧？那

挡风窗上变幻的美景,反光镜中的缩地术,雨刷子记录的风霜,电钟记录的昨日,方向盘后的乡愁,一切一切的记忆,都销蚀在埋而未埋的旧车、老车、古董车里了。谁还能想象,当初在底特律刚刚出厂,豪华的陈列室里,乳嫩的白漆,克罗米的银光,曾炫过多少惊羡的眼睛?

正如这辆绿比玉润的得胜,当初也炫过我,它新主的眼睛;坐在黑亮生光的绸面座位上,新皮的气味令人兴奋,平稳飞旋的四轮触地又似乎离地。四年下来,从前的光鲜已经收敛,虽然我一直善加保养,看去只有两岁的样子,毕竟时间的指纹和足印已触目可见,轮胎已换了三次了。明知它不过是一堆顽铁,几块玻璃,日后的归宿也只是累累的车冢,而肌肤之亲与日俱深。四年来,无论远征或近游,它总是默默地守在停车场一隅,像一匹忠实的坐骑。看新主接过钥匙,跨进了车去,砰的一响关上了车门,关我在外面。然后是引擎响了,多么熟悉的低吟;然后车头神气地转了过去,四灯炯炯探人;然后是夭矫的车身,伶俐的车尾,车尾的一排红灯;然后便没入了车潮之中。只留下了我,一个寂寞怅恨的秦琼,呆立在空虚的停车场上。

一九八〇年九月四日于厦门街

二女幼珊在港参加侨生联考，以第一志愿分发台大外文系。听到这消息，我松了一口气，从此不必担心四个女儿通通嫁给广东男孩了。

我对广东男孩当然并无偏见，在港六年，我班上也有好些可爱的广东少年，颇讨老师的欢心，但是要我把四个女儿全都让那些"靓仔""叻仔"掳掠了去，却舍不得。不过，女儿要嫁谁，说得洒脱些，是她们的自由意志，说得玄妙些呢，是姻缘，做父亲的又何必患得患失呢？何况在这件事上，做母亲的往往位居要冲，自然而然成了女儿的亲密顾问，甚至亲密战友，作战的对象不是男友，却是父亲。等到做父亲的惊醒过来，早已腹背受敌，难挽大势了。

在父亲的眼里，女儿最可爱的时候是在十岁以前，因为那时她完全属于自己。在男友的眼里，她最可爱的时候却在十七岁以后，因为这时她正像毕业班的学生，已经一心向外了。父亲和男友，先天上就有矛盾。对父亲来说，世界上没有东西比稚龄的女儿更完美的了，唯一的缺点就是会长大，除非你用急冻术把她久藏，不过这恐怕是违法的，而且她的男友迟早会骑了骏马或摩托车来，把她吻醒。

我未用太空舱的冻眠术，一任时光催迫，日月轮转，再揉眼时，怎么四个女儿都已依次长大，昔日的童话之门砰地一关，再也回不去了。四个女儿，依次是珊珊、幼珊、佩珊、季珊。简直可以排成一条珊瑚礁。珊珊十二岁的那年，有一次，未满九岁的佩珊忽然对来访的客人说："喂，告诉你，我姐姐是一个少女了！"在座的大人全笑了起来。

曾几何时，惹笑的佩珊自己，甚至最幼稚的季珊，也都在时光的魔杖下，点化成"少女"了。冥冥之中，有四个"少男"正偷偷袭来，虽然蹑手蹑足，屏声止息，我却感到背后有四双眼睛，像所有的坏男孩那样，目光灼灼，心存不轨，只等时机一到，便会站到亮处，装出伪善的笑容，叫我岳父。我当然不会应他。哪有这么容易的事！我像一棵果树，天长地久在这里立了多年，风霜雨露，样样有份，换来果实累累，不胜负荷。而你，偶尔过路的小子，竟然一伸手就来摘果子，活该盘地的树根绊你一跤！

　　而最可恼的，却是树上的果子，竟有自动落入行人手中的样子。树怪行人不该擅自来摘果子，行人却说是果子刚好掉下来，给他接着罢了。这种事，总是里应外合才成功的。当初我自己结婚，不也是有一位少女开门揖盗吗？"堡垒最容易从内部攻破"，说得真是不错。不过彼一时也，此一时也。同一个人，过街时讨厌汽车，开车时却讨厌行人。现在是轮到我来开车。

　　好多年来，我已经习于和五个女人为伍，浴室里弥漫着香皂和香水气味，沙发上散置皮包和发卷，餐桌上没有人和我争酒，都是天经地义的事。戏称吾庐为"女生宿舍"，也已经很久了。做了"女生宿舍"的舍监，自然不欢迎陌生的男客，尤其是别有用心的一类。但是自己辖下的女生，尤其是前面的三位，已有"不稳"的现象，却令我想起叶慈的一句诗：

　　　　一切已崩溃，失去重心。

我的四个假想敌，不论是高是矮，是胖是瘦，是学医还是学文，迟早会从我疑惧的迷雾里显出原形，一一走上前来，或迂回曲折，嗫嚅其词，或开门见山，大言不惭，总之要把他的情人，也就是我的女儿，对不起，从此领去。

无形的敌人最可怕，何况我在亮处，他在暗里，又有我家的"内奸"接应，真是防不胜防。只怪当初没有把四个女儿及时冷藏，使时间不能拐骗，社会也无由污染。现在她们都已大了，回不了头；我那四个假想敌，那四个"鬼鬼祟祟的地下工作者"，也都已羽毛丰满，什么力量都阻止不了他们了。先下手为强，这件事，该乘那四个假想敌还在襁褓的时候，就予以解决的。至少美国诗人纳许（纳什，Ogden Nash，1902—1971）劝我们如此。他在一首妙诗《由女婴之父来唱的歌》（*Song to Be Sung by the Father of Infant Female Children*）之中，说他生了女儿吉儿之后，惴惴不安，感到不知什么地方正有个男婴也在长大，现在虽然还浑浑噩噩，口吐白沫，却注定将来会抢走他的吉儿。于是做父亲的每次在公园里看见婴儿车中的男婴，都不由神色一变，暗暗想道："会不会是这家伙？"想着想着，他"杀机陡萌"（My dreams，I fear，are infanticiddle），便要解开那男婴身上的别针，朝他的爽身粉里撒胡椒粉，把盐撒进他的奶瓶，把沙撒进他的菠菜汁，再扔头优游的鳄鱼到他的婴儿车里陪他游戏，逼他在水深火热之中挣扎而去，去娶别人的女儿。足见诗人以未来的女婿为假想敌，早已有了前例。

不过一切都太迟了。当初没有当机立断，采取非常措

施，像纳许诗中所说的那样，真是一大失策。如今的局面，
套一句史书上常见的话，已经是"寇入深矣"！女儿的墙
上和书桌的玻璃垫下，以前的海报和剪报之类，还是披头
士、拜丝（琼·拜斯）、大卫·凯西弟（大卫·卡西迪）
的形象，现在纷纷都换上男友了。至少，滩头阵地已经被
入侵的军队占领了去，这一仗是必败的了。记得我们小时，
这一类的照片仍被列为机密要件，不是藏在枕头套里，贴
着梦境，便是夹在书堆深处，偶尔翻出来神往一番，哪有
这么二十四小时眼前供奉的？

　　这一批形迹可疑的假想敌，究竟是哪年哪月开始入侵
厦门街余宅的，已经不可考了。只记得六年前迁港之后，
攻城的军事便换了一批口操粤语的少年来接手。至于交战
的细节，就得问名义上是守城的那几个女将，我这位"昏
君"是再也搞不清的了。只知道敌方的炮火，起先是瞄准
我家的信箱，那些歪歪斜斜的笔迹，久了也能猜个七分；
继而是集中在我家的电话，"落弹点"就在我书桌的背后，
我的文苑就是他们的沙场，一夜之间，总有十几次脑震荡。
那些粤音平上去入，有九声之多，也令我难以研判敌情。
现在我带幼珊回了厦门街，那头的广东部队轮到我太太去
抵挡，我在这头，只要留意台湾健儿，任务就轻松多了。

　　信箱被袭，只如战争的默片，还不打紧。其实我宁可

多情的少年勤写情书，那样至少可以练习作文，不致在视听教育的时代荒废了中文。可怕的还是电话中弹，那一串串警告的铃声，把战场从门外的信箱扩至书房的腹地，默片变成了立体声，假想敌在实弹射击了。更可怕的，却是假想敌真的闯进了城来，成了有血有肉的真敌人，不再是假想了好玩的了，就像军事演习到中途，忽然真的打起来了一样。真敌人是看得出来的。在某一女儿的接应之下，他占领了沙发的一角，从此两人呢喃细语。嗫嚅密谈，即使脉脉相对的时候，那气氛也浓得化不开，窒得全家人都透不过气来。这时几个姐妹早已回避得远远的了，任谁都看得出情况有异。万一敌人留下来吃饭，那空气就更为紧张，好像摆好姿势，面对照相机一般。平时鸭塘一般的餐桌，四姐妹这时像在演哑剧，连筷子和调羹都似乎得到了消息，忽然小心翼翼起来。明知这僭越的小子未必就是真命女婿（谁晓得宝贝女儿现在是十八变中的第几变呢？），心里却不由自主升起一股淡淡的敌意。也明知女儿正如将熟之瓜，终有一天会蒂落而去，却希望不是随眼前这自负的小子。

当然，四个女儿也自有不乖的时候，在恼怒的心情下，我就恨不得四个假想敌赶快出现，把她们统统带走。但是那一天真要来到时，我一定又会懊悔不已。我能够想象，人生的两大寂寞，一是退休之日，一是最小的孩子终于也结婚之后。宋淇有一天对我说："真羡慕你的女儿全在身边！"真的吗？至少目前我并不觉得，自己有什么可羡之处。也许真要等到最小的季珊也跟着假想敌度蜜月去了，才会和我存并坐在空空的长沙发上，翻阅她们小时的相簿，追忆从前，六人一车长途壮游的盛况，或是晚餐桌上，热气蒸腾，大家共享的灿烂灯光。人生有许多事情，正如船后的波纹，总要过后才觉得美的。这么一想，又希望那四个假想敌，那四个生手笨脚的小伙子，还是多吃几口闭门羹，慢一点出现吧。

袁枚写诗，把生女儿说成"情疑中副车"，这书袋掉得很有意思，却也流露了重男轻女的封建意识。照袁枚的说法，我是连中了四次副车，命中率够高的了。余宅的四个小女孩现在变成了四个小妇人，在假想敌环伺之下，若问我择婿有何条件，一时倒恐怕答不上来。沉吟半晌，我也许会说："这件事情，上有月下老人的婚姻谱，谁也不能窜改，包括韦固；下有两个海誓山盟的情人，'二人同心，其利断金'，我凭什么要逆天拂人，梗在中间？何况终身大事，神秘莫测，事先无法推理，事后不能悔棋，就算交给二十一世纪的电脑，恐怕也算不出什么或然率来。倒不如故示慷慨，伪作轻松，博一个开明父亲的美名，到时候带颗私章，去做主婚人就是了。"

　　问的人笑了起来，指着我说："什么叫作'伪作轻松'？可见你心里并不轻松。"

　　我当然不很轻松，否则就不是她们的父亲了。例如人种的问题，就很令人烦恼。万一女儿发痴，爱上一个耸肩摊手口香糖嚼个不停的小怪人，该怎么办呢？在理性上，我愿意"有婿无类"，做一个大大方方的世界公民。但是在感情上，还没有大方到让一个臂毛如猿的小伙子把我的女儿抱过门槛。现在当然不再是"严夷夏之防"的时代，但是一任单纯的家庭扩充成一个小型的"联合国"，也大可不必。问的人又笑了，问我可曾听说混血儿的聪明超乎常人。我说："听过，但是我不稀罕抱一个天才的'混血孙'。我不要一个天才儿童叫我Grandpa，我要他叫我外公。"问的人不肯罢休："那么省籍呢？"

　　"省籍无所谓，"我说，"我就是苏闽联姻的结果，还不坏吧？当初我母亲从福建写信回武进，说当地有人向她求婚。娘家大惊小怪，说'那么远！怎么就嫁给南蛮！'后来娘家发现，除了言语不通之外，这位闽南姑爷并无可疑之处。这几年，广东男孩锲而不舍，给我家的压力很大，有一天闽粤结成了秦晋，我也不会感到意外。如果有个台湾少年特别巴结我，其志又不在跟我谈文论诗，我也不会怎么为难他的。至于其他各省，从黑龙江直到云南，口操各种方言的少年，只要我女儿不嫌他，我自然也欢迎。"

"那么学识呢?"

"学什么都可以。也不一定要是学者，学者往往不是好女婿，更不是好丈夫。只有一点：中文必须清通。中文不通，将祸延吾孙!"

客又笑了。"相貌重不重要?"他再问。

"你真是迂阔之至!"这次轮到我发笑了，"这种事，我女儿自己会注意，怎么会要我来操心?"

笨客还想问下去，忽然门铃响起。我起身去开大门，发现长发乱处，又一个假想敌来掠余宅。

一九八〇年九月于厦门街

送思果

　　有一天，沙田诸友在灯下清谈，话题转到美国，思果忽然叹口气说："美国的风景也有很壮观的，只是登临之际，总似乎少了一座庙。"

　　谁要是编当代的《世说新语》，这句话不能不收进去。当时大家笑了一阵，也就忘了。我却觉得思果这句话，无理而有趣。思果是一位认真的天主教徒，但是到了登高临远，神举形遗的境地，他所需要的，不是教堂，却是庙。这就是中国人，无论被西风吹到天涯海角，那一片华山夏水永远在心中，梦中。美国的许多所谓"古迹"，陈而不古，虽然也一一立碑设馆，备足了文献，总觉得火候不够，早熟了一点。哪像中国的名刹古寺，可以吃斋喝茶，观联听经，如果僧房一宿，更可领略"木鱼呼粥亮且清，不闻人声闻履声"的静趣。

尽管如此，思果在中文大学四年期满，却将于九月中旬"回去"美国——去那一片无庙无僧、无仙无侠的冥山顽水。那一片寂天寞地，十年前，我也曾万里高速，风入四轮，作过少年游，逍遥游，游子之游，虽然也践了溪山之盟，餍了烟霞之癖，而面对印地安（印第安）人的名胜，南北战争的古迹，总也是惘惘若失，似乎欠缺了一点什么。有时候，觉得是缺了一座亭。有时候，觉得是少了一声钟。钢铁的栏杆，即使发神经一样地拍遍了，又谁能会得登临意？而清风来时，松涛满山，又觉得少了几只猴子，一张棋案。也曾在落矶（落基）山影里俯仰过两年；那是美国西部最显贵的岩石集团，峰岭世家，海拔远在泰山、华山之上。但那毕竟是不着边际的荒野，怎比得上中国的山水那么有情？

思果"回去"美国，将长居北卡罗莱纳（北卡罗来纳）州马修城的晓雾里（Misty Dawn Lane）。那一带的青山我不曾见过，但想必也是妩媚的，至于青山见他是否也用青眼，则我所难料。苏东坡《游金山寺》的末四句说："江山如此不归山，江神见怪惊我顽。我谢江神岂得已，有田不归如江水。"金山寺在镇江，正是思果的故乡。东坡登金山而西望故乡的眉山，思果登阿帕拉千（阿巴拉契亚）山想必也要西望，西望更远更远的金山。也许思果所说，在美国游山玩水缺少的那一座庙，正是东坡诗里的金山寺吧。然则思果去美国，是愈走愈远了，不能算是归田，因为他的田远在镇江。

东坡游金山时还正年轻，已然乡愁不胜，却料不到，老了，还要流放到更远的海南孤岛。其实他在诗中虽然经常"乐不思蜀"，后半生却注定宦游他乡，不能再入峡了。

不过东坡的半生流浪，是被放。今日中国读书人在海外的花果飘零，大半却由于自放。即使是嚷嚷"回归"的学人，也只敢在旬月之间，蜻蜓点水，作匆匆的过客罢了。故乡真能归得的话，谁不愿归田归山呢？如今却是雪上指爪，哪计东西。八月中旬，我从台湾回港，思果刚刚设宴欢迎，重逢之情犹温，现在他要离开香港，却轮到我来杯酒欢送了，主客忽然换位，说是人生无常，却也是人生之常。

那天恰是中秋之夕，天上月圆，人间月半。有一位故人将越海关，之后，便是烟水无边了。我对思果说："东出海关无故人。"大家举起杯来，干掉满杯的月色，想明年今夕，恐怕只能"千里共婵娟"了吧。由来接风和饯别，一律叫作欢迎，欢送。其实迎是欢喜，因为来日方长，送，则未必。那晚的酒菜之间，宾主虽也照例谈笑，却不见得怎么风生，而席上的场面，也不如应有之盛。真正陪着思果浅斟终席的，只有洪娴伉俪和我的三个女孩。满月的清辉下，以U形绕过中大的大埔道上，蠕动着爬去对岸长堤上赏月的车队，尾灯的红光不安地闪着。何锦玲和张文达一行从元朗来时，已近十点。蒋芸当天下午才从新加坡飞回香港，等到接了林清玄的太太，驾了跑车赶到我的楼下，已经快要十一点了。众客自然而然分成了两堆，男客围着蹲过牛棚的张文达，听他话大陆，女客则围着蒋芸，闲谈台湾。等到高谈转清，主人领着客人齐登十楼的天台去赏月时，姮娥已经空等了许久，只余下脉脉的清光，在四围的山上和海上流漾，提灯追嬉的小孩子们都已散尽，红幽幽的孔明灯也像不明飞行物一样，神秘地失了踪。至于去台北演讲的梁锡华，答应了当晚要飞回来共赏月色，一出启德机场，却召不到一辆空车，在九龙与沙田之间流落许久，几番折腾，终于安返中大，却早已灯阑月老，到了四更天了。

这是我在沙田的第八个，也是思果在沙田的第五个中秋之夜。团圆之夜，沙田的文友却飘零在四方。黄维梁和朱立去了美国，落不完枫叶回旋的乡思。宋淇已经下了山，市隐在九龙的滚滚红尘里。黄国彬从但丁之城回来后，也早已告别了中国文化研究所的那座四合院子。山灵水秀的沙田，虽已上了文学的地图，但小小的沙田文学，恐怕已成了中秋的满月，清辉要夜夜减色了，只因为思果，沙田雅聚不可缺少的关键人物，现在要下山远去。去年我在台湾，沙田群友每逢酒酣，思果辄叹独缺光中，乃觉言语无味，蒋芸也对他说："没有余光中在场开你的玩笑，你也不太有趣了。"现在情形恰恰相反，思果一走，沙田的鸥鹭顿时寂寞，即使我能语妙天下，更待向谁去夸说？

一九八一年中秋后二日

吐露港上

如果你是一只鹰，而且盘旋得够高，吐露港在你的"鹰瞰"下就像一只蝴蝶张着翅膀，风来的时候更加翩翩。这是一位女孩子告诉我的。她当然不是那只鹰，没有亲眼看过。每次从台湾或欧洲飞降香港，也不经过这一片澄碧，所以我也无法印证。不过她的话大概没错，因为所有的地图都这么画的。除了"风来的时候"画不出来，地图真能把人变成鹰，一飞缩山、再飞缩海、缩大地为十万分之一的超级老鹰。我不说超级海鸥，因为鸥翅低掠贴水，鹰翅才高翔而摩天。

我就住在那蝴蝶左下翼的尖上。

那就是说，在一岬小半岛上，水从三面来，风，从四面来。面前这一汪湛蓝叫吐露港，也有人叫作大埔海。还是叫吐露港好，不但名字美些，也比较合乎真相，因为浩渺的南海伸其蓝肢，一探而为大鹏湾，再探而为吐露港，面前的水光粼粼已经是湾中之湾，海神的第三代了。但不可小觑这海神之孙。无数的半岛合力围堵，才俘虏了这么一个海婴。东西宽在十公里以上，南北岸相距也六七公里，在丛翠的簇拥之下，这海婴自成一局天地，有时被风拂逆了，发起脾气来，也令人惴惴想起他的祖父。

群山之中，以东南的马鞍山最峭奇，不留余地的坡势岌岌，从乌溪沙的海边无端削起，在我们是侧看成峰，旭日要攀登许久，才能越过他碍事的肩背，把迟来的金曦镖射我们的窗子。

和我的阳台终古相对，在迢长的北岸横列成岭，山势从东而西的，依次是八仙岭、屏风山、九龙坑山、龙岭，称也称不尽的磅磅礴礴，远了，都淡成一片翠微。正如此刻，那一脉相接的青青山岚，就投影在我游骋的眼里，摊开的纸上，只可惜你看不到。有时候我简直分不清，波上的黛色连绵究竟是山镇着水，还是水浮着山，只觉得两者我都喜欢，而山可靠像仁者，水呢，可爱像智者。智者乐水，也许是因为水灵活善变吧。不过山也不是一成不变的。夏天的山色，那喧哗的绿意一直登峰造极，无所不攀。到了冬天，那消瘦的绿色全面退却，到山腰以下，上端露出了迟钝的暗土红色和淡褐色。在艳晴天的金阳下，纤毫悉现，万象竟来你眼前，像统统摄入了一面广角魔镜。山岚在青苍之上泛起了一层微妙的紫气，令人在赞羡里隐隐感到不安。阴天，山容便黯淡无聊，半隐入米家的水墨里去。风雨里，水飞天翻浑然搅成了一色，借着白气弥漫，山竟水遁失踪，只留下我这一角危楼在独撑变局。雨后这世界又都回来，群山洗濯得地洁天清，雨湿的连嶂叠峦苍深而黛浓，轮廓精确得刀刻的版画一般。其中最显赫最气派的，是矗屏在正北的八仙岭，嶙峋的山脊分割阴阳，一口口咬缺了神州的天空，不知女娲该如何修补？乔志高说，他每次数八仙，总数到九个峰头。其实所谓八仙，不过取其约数，当不得真的，否则岂不要过海去了？通常也只能指认最东边的是仙姑峰，山麓一直伸到船湾淡水湖边去濯足，最西边的纯阳峰"道貌"最峻拔，据说近一千八百英尺。这些峰头在吐露港上出尽了风头，每次一抬头，总见他们在北空比高竞秀，肩胛相接，起伏的轮廓顶在天际，是沙田山居最最眼熟的一组曲线了。

八年前初上此楼，面对这镜开天地云幻古今的海光山色，一时目迷神飞，望北而笑。楼居既定，真正成了山人，而山人，岂不是"仙"的拆字吗？绘着紫徽的中大校车气咻咻从前山盘旋到后山，如释重负地喘一口大气，停在我住的第六苑楼底。这里已经是文明的末站，再下去，便是海了。这里去校门口近一公里，去九龙的闹区有十几公里，去香港本岛呢，就更是山一程，水一程，红灯无数，"长停复短停"。台湾的航空信只飞一小时，到我的信箱里，往往却要一个星期。这里比外面的世界要迟两日。"别有天地非人间"吗？风景的代价是时间，神仙，是不戴表的。

头两年隔水迢迢看八仙联袂，只见帆去樯来，波纹如耕，港上日起日落，朝暾与晚霞同在这镜匣里吐露又收光。看海气蒙蒙，八仙岭下恍惚有几村人家，像旧小说里闲话的渔樵。到夜里，黑山阒阒，昏水寂寂，对岸却亮起一排十六点水银灯，曳长如链，益加牵人遐想。"那对面，究竟是什么地方呢？"我们总这么问。

两年后我们买了那辆绿色小车，第一次远程便是去探对岸。一过大埔镇，右转上了汀角路，渐觉村少人稀，车辆寥落，便在八仙岭下了。我们沿海向东闲闲驶行，八仙的翠影在左窗竞走。奇怪的是，怎么近在额际了，反不如预期中那么蔽空排云，压迫仰望的眉睫？也许是隔了水的感觉吧？水，真是一种灵异之物，偌大的一盘盘一簇簇山岭，一落入她的深眸浅靥里，竟然不自矜持，怎么就都倒了过来了？隔了一镜奇诡的烟水，什么形象都会变的。

过了三门仔樯桅修挺的小小渔村，再向前五六公里，就停车在大尾笃，罗汉松危立的悬崖下，沿着斜坡，步上了平直的跨海长堤。猝不及防，那么纯粹又那么虚幻的闪闪蓝光，左右夹击来袭我两颊。左颊是人开的淡水湖，除了浪拍堤下碑大的白石，水上不见片帆，岸上不见人烟，安静、干净得不可思议，真的是"蓝溪之水厌生人"。右颊是神开的吐露港，只见满帆大舸，舴艋小船，在活风活水里赶各自的波程，最得意的是马达快艇，尾部总是曳一道长长的白浪，水花翻滚，像一条半里的拉链要拉开吐露港但不久被海风又缝上。隔着洋洲和马腰二岛，背着半下午的淡淡日色，南岸的烟景眺不真切。目光尽头，你看，中文大学后山的层楼相叠相错，那么纤细地精巧，虚幻得渺不足道，背光眺来，更令人疑作蜃楼海市了。我在其中度过的岁月，诸般的时忧时喜，患得患失，于是也显得没有意思。如果蓝色象征着忧愁，就让这长堤引刀一割，把淡的一半给里面的湖，咸的一半给外面的海吧。堤长二公里，那一端接上白沙头洲的平冈，只可惜堤身太直，失去萦回之趣，而迎风是萧萧的芦苇，不是依依的垂杨。不过游人并不在意，堤上的少年只管骑单车，放风筝，水上的就自划小船。最好的时候该是渺无游人，独自站在堤上，听风，听水，如果真够静，风和水也会泄漏一点天机。

从跨海长堤沿着淡水湖的西岸向北驶行，坡势陡起，不久湖水低低落在背后，四周山色里再回望八仙岭时，已经转到我们的左侧，但见仙姑峰高挑的侧影，不再是八仙联袂同游了。山道回旋，遍生马尾松、野梨、细叶榕和相思树的冈峦便绕着车头俯仰转侧，真想不到海角这半岛上，丘壑之胜，还有这么多变化。

新娘潭在山道右面。循着羊肠陡径穿过杂树丛草盘到谷底，就得小潭一泓，涧水淙淙从乱石里曲折下注，遇到石势悬殊，就形成回流或激起溅波，看水花自生自灭，即开即谢，谢了再开。山鸟脆鸣，在潭边的石壁上荡起了回音，但是我无法参透那禅机，更无法陶然忘机，只要游客之中有三两个恶客提来电晶体的放录音机，效力奇大地污染水石的清音。

幸好一过了新娘潭，游客就少了。再向北去，渐渐就鸟稠人稀，四山无语，只剩下八仙岭后坡上一丛丛野坟乱碑，在荒寂里怔怔相对。有时山道转处，会见一头黄牛领着两只幼犊，或越过路去，或施施然迎面踱来，令人吃惊。那些畜生也许是经过世面，见了庞然猛捷的车，却意态从容，毫无畏缩。这一带原是烧烤野餐的好去处，有一次我们和维梁两家在路旁的草地上野餐，竟来了三头黄牛，看来一母二子，也是一家，在我们盛宴的四周逡巡，显然有意参加。那母牛气喷喷的宽鼻子甚至嗅到沙拉盒子上来了，一个分神，橘子已被衔去一只，只见上下颚一阵错磨，早已囫囵吞下。吓得大家请客又不甘，逐客又不敢。纠缠了半小时，那一家人，不，那一家牛才怏怏拂尾而去。

再向北行，就真的接近边界了。脚下水光一亮，眼界为之豁然开敞，已到新界最北端的沙头角海。这水域虽然不如吐露港那样波澜吞吐，风云开阖，却也是大鹏湾所浸灌，湾口正接广东的海岸。湾之南端是一座孤村，只有三五小店，叫作鹿颈，正是我们每次长程海山之游的回车之处。这小村竹树掩映，村口有石桥流水，小吃店前总有鸡群在闲步啄食。我们常爱坐在店前的长条凳上，吃一碗热汤蒸腾的云吞面，不是因为有多么好吃，而是喜欢那不拘形迹不分内外的一点野趣，和店主那种内地妇人的亲切古风。

从中文大学来到这里不过三十公里，实际上当然说不上是什么长程之游。曾经，我长途驰骋的最高纪录是一天一千一百公里，三十公里在高速路上，不过是十几分钟的事情，旧小说里"一盏茶的工夫"。但是偎在山脚水畔的鹿颈，只是一座边村，连边镇都够不上，再向北去只有一车可通的窄路，路的尽头是麻雀岭，岭的那头便是内地的河山了。远，在边界。远，在"文革"荒诞的岁月。远是三十年陌生的距离，从中年的这头眺那头的少年。巡边的警车到此就回头：到此就感觉山已穷，水已尽，几乎一伸手就摸得到另一种呼吸。

再回到沙田时，天就晚了。回到楼居的窗口，吐露港又在那下面敞开它千顷的清澄，倒映着不知不觉间暗下来了的八仙翠影。如果是晴艳无奈的黄昏，便坐在无限好的霞光里，不忍开灯，怕灯一开，黄昏就留不住了。灯虽是古典，晚霞才是神话。但是一炉炼丹的霞火能烧多久呢，不久，灯还是亮了。一灯亮，千灯都亮了。灯的温柔安慰着港上空寂的夜色，桌灯脉脉，是全世界都弃你而去时仍守住你夜读的那一罩温柔。

夜的吐露港无言而有情。两岸的灯火隔水相望，水银的珠串里还串着散粒的玛瑙，暖人冷目。夜深时，我远望北岸的那一串银灯，相信对岸的什么亮窗里或者昏窗里也有谁的眼睛正对着我这盏桌灯，但这样的相守相望，虽长夜如此。却永远不能证实，而同时，水上的倒影也在另一个世界守着我们。

晴夜的水上，有时灿放一簇簇的渔火，每船二灯，金睡莲一般从我脚下一直漂泊到东北的湾口，最后在马达勃勃声中围成一圈，合力收网。秋乾的夜里，八仙岭的山火野烧，艳媚了港上所有的窗子。有时火势燎过半座山，有时几条火舌争吐红焰，可以维持几小时的壮烈夜景，连海面也灼灼动容。

夜的吐露港不但好看，也自好听，只要你自己够静，便听得见。春雷一呼，万蛙齐应，以喉音腹语取胜的蛙族，为夏喉舌，喧来了热门的炎暑。黄昏以后，鸟声一齐交班给树下低而细清而晰的虫声，那时断时续的吟吟唧唧，像在陪伴我诵诗的哦哦，灯下幻觉就是小时候在江南后来又跟去四川的那一只。有时星沉夜永，谷底的人家会送来几声犬吠，隔着寒瑟的空间，颤颤的，更增荒凉。是为了什么呢，夜归人吗，贼吗，还是鬼呢？至少醒着的不止我一个人吧，虽然不睡有不同的原因。

最后是什么声音也没有了，除了风声和潮声，古来最耐听的声音。而这些，吐露港，就是你一直想说的故事吗？

一九八二年二月

轮转天下

上星期三去澳门演讲，下午退潮时分，朋友带我沿着细叶榕垂阴的堤岸散步。正是端午前夕，满街的汽车匆匆，忽见榕阴低处，竟有青篷红架的三轮车三三两两，以我行我素的反潮流低速，悠然来去，乘客和车夫都似乎没把倏猛的汽车放在眼里。这一惊一喜，真像时光倒流了——没有七十年，也有十七年。

我们这一角世界，曾经靠三只轮子来推动："三轮车，跑得快，上面坐个老太太，要五毛，给一块，你说奇怪不奇怪？"是我几个女儿小时候最熟的童歌。但那三轮的时代早已消失，收进汽车的反光镜里去了。

这世界就像哪吒一样，我们都在飞旋的轮上来去。当初发明轮子的那人，不论灵思是否得自日轮或月轮，真是一大天才。从此，人类"不胫而走"，实在是空间的一大突破。不过这重大的发明也不是一突就破的。据说最早的轮子是实心眼儿的，像只木盘，直到将近四千年前才空了心，成了老子所说的"三十辐，共一毂"。

最早的车是否独轮车，要问考古学家，但这种元老级的交通工具，我小时却也坐过。这种车北人叫手推车，川人叫鸡公车。抗战初年，我曾和另一个小难民分坐两侧，由一个庄稼汉佝了身子推着，在机械化的日本部队之前，颠摆而逃。后来到了四川又坐过一次，当然不再是为了逃难，但在蜀道难的崎岖路上，那一步三挤轧的独轮，踉跄而行，真使千山为之痉挛。当时我这小小乘客满脑子都是《三国演义》，不禁想入非非，幻觉是在乘木牛流马，又想"尔来四万八千岁，不与秦塞通人烟"，这样坐车，也难怪要通不了。想着想着，忽然那车夫大喝一声："小娃儿坐好！"

抗战时期我在四川度过七年半，正是我的中学时代。那家中学在重庆北郊六十里一座小河镇的附近，并不临河，与镇上只通青石板路，无论去什么地方全靠步行，否则就得花钱坐滑竿或骑瘦小的川马。那几年的蜀山蜀水，全在石板路或土径上从容领略，算是我的"无轮时代"，现在回想起来，此生所见的一切青山碧水，无论在海内或海外，总以一步步走过的最感亲切。偶然，父亲从城里带回来一本洋月历，有一个月的插图是一列火车在落矶山下迤迤驶过，令乡下孩子常对着那千轮车悠然出神。那时四川之大，所谓天府之国并无铁路，其实有牧神做邻居，没有轮子又有何妨？

抗战结束，三峡之水从唐诗里流泻出来，送我的归舟一路到南京。我进了大学，也进了"二轮时代"。十九岁才跨上自行车，比起许多少年来，这新的自由来得太晚，却也令我意气风发，对空间起了新的观念。两臂微张而前探，上身微弯而前倾，两腿周而复始地上下踹踏，双轮一动，风景立刻就为我奔驰，风，就起自两颊，于是飘飘然有了半飞的幻觉。那一代的金陵少年，谁不是风随轮转发随风飘的单车骑士呢？从此玄武湖一带便入了我们的势力范围，只要有一堂空课，便去湖光柳影里驰骋一番，带回来一身荷香，或是一包香喷喷的菱角。

当然，不是所有的二轮都叫自行车。那时南京的大街，在汽车正道的两侧，还有卵石砌成的边道可行马车。那马车夫头戴毡帽，身披褐衣，高据御座，一手控辔，一手挥鞭，一面打着呼哨赶马。我觉得那情调古老而浪漫，每次从鼓楼去新街口，总爱并肩坐在马车夫的身边，一路左倾右侧，听卵石道上马蹄嘚嘚的节奏。

　　另一种二轮车，在当时也很流行的，是黄包车，又叫东洋车，正式的名称应叫人力车。英文译为rickshaw，乃是"力车"的近音，也是日文jinrikisha（人力车）的缩写。年轻的读者，即使没有坐过，大概也听说过或都读过那本哀沉的小说《骆驼祥子》，知道这种二轮车坐起来未必舒服，拉起来呢，却非常辛苦。拉这种车，重心高而不稳，阴天则冒雨顶风，晴天则烈日炙烤，吃尽车尘；上坡，是跟土地公拔河角力，下坡呢，却不承土地公之情，脚上要自备刹车。有时候车上还一大一小，挤坐着两个人，微薄的车资，竟要车夫做超人。若是车新铃响，车夫又年轻健硕，阔步起赳，倒也罢了。最怕上面高坐的是大肚腩的胖客，前面拖的却是半衰的瘦子，这景象，最易激起悲天悯人之情。要是上面那重磅乘客是一个"西人"，那就更损龙种的自尊，也就难怪一九二五年，长沙街头，排外的学生们要喝令黄包车上的花旗客下车步行。今日香港的码头上，仍然供着一排油漆鲜明的黄包车，充当观光的道具，要说这是什么中国文化的遗迹，岂不气杀了五霸七雄驰驱的战车？当年黄包车的乘客虽然多为中国同胞，这种"苦力车"却总是给我殖民地的不快联想。前几天在码头附近，汽车的长龙之间，忽然闪出二辆黄包车，上面坐着西人，在车队的夹缝里穿来插去。乘客东张西望，兴高采烈，也许是吉普林（吉卜林）和毛姆的旧小说看多了，也许看的只是韩素英的廉价杂碎吧，但两个车夫拉的是短程，倒也轻松自在。当时我心里毫无准备，这唐突的一幕仍然勾起人时光的错觉，刹那之间，惊愕、滑稽、不快之情，再也理不清。

马车是二轮加四蹄，黄包车是二轮加双足，到底比不上自行车只用二轮滚地，自力更生。我的自行车在六朝的尘香里飞滚了不久，战云转恶，我也就转去了厦门大学。从市区的公园路到南普陀去上课，沿海要走一段长途，步行几不可能。母亲怜子，拿出微薄积蓄的十几分之一，让我买了一辆又帅又骁的兰苓牌跑车。从此海边的沙路上，一位兰苓侠疾驰来去，只差一点就追上了海鸥，真的是泠然善也。那辆车，该直的地方修长英挺，该弯的地方流线如波，该圆的地方圆满无憾；车架的珐琅蓝上绘着亮金的细线，特别富丽动人。跨上去时，窄而饱满的轮胎着地而不黏地，圆滚无阻，真个是虫蚁不觉，沙尘不惊，够潇洒的。二十岁的少年得此坐骑，真可踌躇满志，所以不是在骑，便是在擦，在欣然端详。

厦大才读一学期，战火南蔓，又迁来香港，失学了一年。那一年我住在铜锣湾道，屋小人多，行则摩肩，坐则促膝，十分苦闷，遁世的良方，是埋头耽读维多利亚时代的大部头小说。未能忘情于二轮生风的日子，曾有两次还跟厦大的同学租了自行车，在夜静车稀的海边大道闲驶，重温南普陀逐鸥的记忆。

最后转入台湾大学三年级，才又恢复了骑士的身份，镇日价在古亭区的正街横巷里，穿梭来去。那是三十二年前的台北，民风在安贫之中显得敦厚淳朴，在可以了解的东洋风味背后，有一种浑然可亲的土气。上下班的时候，停在红灯前的，不是今日火爆爆羁勒不住的各式汽车、卡车、摩托车，而是日式的笨重自行车，绿灯亮时，平着脚板心再踩动那些"东洋铁牛"的，也不是今日野狼骑士的意大利马靴，而是厚敦敦实笃笃的木屐，或是日式便鞋。

我买了一辆英制的赫九力士，在东洋铁牛之间倏忽穿梭，正自鸣得意，却在上课一星期后丢了坐骑，成了《单车失窃记》的苦主。怀着满腔悲哀搭公交车，我发誓要存足稿费再买一辆。看官有所不知，那时候一辆赫九力士值新台币五百元，相当于荐任级的月薪，而我的一首抒情诗呢，《中央副刊》只给五元。也就是说，要写足两本诗集，才能翻身重登赫九力士，恢复昔日街头的雄风。当年我在台大发奋投稿，跟自行车也不无关系。为了提高生产额，也写了好几篇散文。如此过了两三个月，只存到二百元的光景，家中怜我情苦，只好优先贷款，让我提早实现复车大计。不久第二匹赫九力士的铃声响处，又载着意气昂扬的武士，去上中世纪文学了。

台北地平街宽，加以那时汽车又少，正是自行车骋骛的好城市。缺点是灰尘太大，又常下雨，好在处处骑楼，可以避雨。最怕是大风欺人，令人气结而脚酸，但有时豪气一起，就与大气为敌，几乎是立在镫上，顶风猛踩，悲壮不让息西弗司（西西弗斯），浪漫可比唐·吉诃德（堂吉诃德），似乎全世界的风都灌进我的肺里来了。那时台大的大王椰道上犹是绿肥红瘦，称不上什么杜鹃花城，我们在椰影下放轮直驶，不到一分钟就出了校门。从城南的同安街去中山北路二段会见女友，最快的纪录是十八分钟。一场雷阵雨过后，夏夜凉了下来，几个同学呼啸而聚，在两侧水田的乱蛙声里，排齐了龙头催轮并进，谈笑间已到新店。等到夜深潭空，兴尽回驰，路上车灯已稀，连蛙声也已散不成阵了。这坐骑是随我征伐最久的一匹，在台北盆地里追风逐尘三年有半，有一天停在文星书店的门外，可恨竟被人偷去。于是我进入了"三轮时代"。

踩三轮比起拉两轮来，总是一大进步，至少要省气力。至少车夫自己也坐在车上，较多歇脚的机会，如果地势平坦，踩一阵也可以歇一阵，让车子乘势滑行，不用像骆驼祥子那样步步踏实。遇到顺风或下坡，就更省力了；最怕是顶头风或上坡路，有时还得下车来拖。

三轮车出现在中国的街头，记得是在抗战之后，但是各地的车型颇不一样。京沪的和台北的相同，都是车夫在前，在澳门见到的也是这一型。厦门的则把车夫座放在乘客座的旁边，有点像一次大战时的军用摩托车。至于西贡和曼谷的，则把乘客座放在前面，倒是便于观光。去台湾以前，当然也坐过三轮车，但是经常乘坐，甚至在五十年代末期家中自备了一辆，却是在台北。

我家先后雇过五位三轮车夫，相处得都很融洽，也许因为我们的要求不苛。如果那天车夫已经累了，我们再出门，就宁可另雇街车。有时遇上陡坡，我们也会自动下车，步行一段，甚至帮他推上坡去。三十年代的小说家也许会笑这是什么"布尔乔亚的人道主义"，但是车夫和我的家人间并无什么"阶级仇恨"，却是真的，除了一位老赵因为好赌而时常叫不到人，其他的几位都很忠厚，称职。可哀的是，独眼的老侯辞工之后死于肺病，而出身海军的老王大伏天去萤桥河堤下游泳，竟淹死在新店溪里。那几张多汗的面孔，我闭起眼睛就可以看见。

其中有一位的面孔，每逢年节都会重现在家人的面前，只是头发一年白于一年，而坐下来时，是在我家的沙发上，不是在当年那辆洁净的三轮车上了。老杨是退伍军人，也是五位车夫里年纪最大的一位,安徽的乡音很重。十五年前他依依地走出我家的大门,因为"三轮时代"已告结束,我家的三轮车被政府收购去了。老杨书法不差,文理也清畅,笔下比普通的大学生只有更高明:这方面和"旧社会"里劳动阶级的形象,也不符合。我父亲介绍他去交通机关处理交通意外的文书工作,他凭了自己的本事任职迄今。每年在鞭炮声里,他都会提着一手礼物,回厦门街这条巷子来拜年;记忆里,这时光长廊的巷子曾满布他的轮印与履痕。我笑笑说:"老杨,你不踩三轮,却管起四轮来了。"老杨的笑容和十五年前没有两样。对以前那辆三轮车,我不禁怀起古来。

现在当然已经是"四轮时代",但世界之大,并非处处如此。一九六四到一九六六年,我在美国教书两年,驾了一辆雪白的道奇在中西部的大平原上飞轮无阻,想到远在东方一小巷内的父亲,每天早晨仍然坐着家里的三轮车,以五英里的时速悠悠扬扬去上班,竟迂得不好意思告诉家里。两年后卖掉道奇,回到家里,我仍然每天坐三轮车去师大上课。昔日的豹纵一下子缩成今日的牛步,起初觉得这"轮差"十分异样,但久而久之,又觉得一切都理所当然,正如南人操舟北人骑马一样。挪威的学童,在风雪里只能滑雪去上学呢。

"四轮时代"使一切发生得更多，更快，但烦恼也相对增加。汽车是愈造愈好了，从古典的儒雅到超现实的离奇，各种体态的车辆驶入现代的街景。一切都高性能操作，电动化了，仪表板上灯号应有尽有，甚至不必有的也有了，一排谲红诡绿的闪光，繁复骇人像飞机的驾驶舱。但以简驭繁的也大有人在，陈之藩就从来不看反光镜，他说："千万不能看，一看，心就乱了。"

汽车愈造愈好，而且郑重宣传，说动若脱兔，从完全静止加速到时速六十英里，所需的秒数已如何减少，根本不管愈来愈挤的街头，这样的缩地术早已无地用武。有一次坐朋友的跑车，讶其忽猛忽疲，颇不稳健，他抱歉说："我这跑车马力太大，时速不到六十英里，就会这么发癫。"而其实在蚁穴蜂房的香港，没有道路是可以驶上这种高速的。

汽车愈造愈好，可惜道路愈来愈挤，施展不开来，而停车的空间愈来愈小，车能缩地却不能自缩成玩具，放进主人的袋里。英国铁路一罢工，自用汽车便倾巢而出，接成六十英里的长龙，不是夭矫灵动的那种，而是尾大不掉的浅水之龙。"四轮时代"心脏病的患者，忽然看到三轮车在澳门的海边悠然踱来，应该松筋舒骨，缓一口气吧。三百多年前，华山夏水的第一知己徐霞客，如果是驾一辆三百匹马力的跑车在云贵的高速公路上绝尘而去，那部雄奇的游记杰作只怕早收进反光镜里去了。

但现在这世界正靠轮子来推动，至于究竟要去哪里，却是另一个问题。正如此刻，全人类的几分之一，有的为了缉凶，有的为了逃警，有的为了赶赴约会，有的只为了上街买一包烟，不都正在滚滚的大小车轮上各奔前程吗？

一九八二年六月

春来半岛

绛纱弟子音尘绝，鸾镜佳人旧会稀。
今日致身歌舞地，木棉花暖鹧鸪飞。

　　一千多年前李商隐所写的这首《李卫公》，凄丽不堪回首，令人不禁想起更古的一首七绝，杜甫的《江南逢李龟年》。不过《李卫公》的景物是写广州，也可泛指岭南，比江南又更远一点，而如果不管前两句，单看最后一句，则"木棉花暖鹧鸪飞"真是春和景明，绮艳极了，尤其一个"暖"字，真正是木棉花开的感觉。

　　木棉是亚热带和热带常见的花树，从岭南一直燃烧到马来和印度。最巧的是，今年它同时当选为高雄和广州的市花，真可谓红遍两岸。据说偌大一座五羊城，投给英雄木的选票只得八千多张，比在高雄少了一半的票数。关防虽严，春天却是什么边界也挡不住的。南海波暖，一到四月，几场回春的谷雨过后，木棉的野烧一路烧来这岭南之南的一角半岛。每次驶车进城，回旋高低的大埔路旁，那一炬又一炬壮烈的火把，烧得人颊暖眼热，不由也染上一番英雄气概。木棉是高大的落叶乔木，树干直立五十多英尺，枝柯的姿态朗爽，花萼的颜色鲜丽，而且先绽花后发叶，亮橙色的满树繁花，不杂片叶，有一种剖心相示的烈士血性，真令四周的风景都感动起来。一路检阅春天的这一队前卫，壮观极了。

然后是布谷声里，各色的杜鹃都破土而绽，粉白的，浅绛的，深红的，中文大学的草坡上，一片迷霞错锦，看得人心都乱了。可以想见，在海蓝的对岸，春天也登陆了吧，我当过年轻讲师的那几座校园里，此花更是当令，霞肆锦骄的杜鹃花城里，只缺了一个迟迟的归人。

和木棉形成对照的，是娇柔媚人的洋紫荆，俗称香港兰树，一九六五年后成为香港的市花。不过此花从初冬一直开到初春，不能算春天嫡系的花族。沙田一带，尤其是中大的校区，春来最引人注目，停步，徘徊怜惜而不忍匆匆路过的一种花树，因为相似而常被误为洋紫荆的，是名字奇异的"宫粉羊蹄甲"，英文俗称驼蹄树。此树花开五瓣，嫩蕊纤长，蓓作淡玫红色，瓣上可见火赤的纹路。美中不足，是陪衬的荷色绿叶岔分双瓣，不够精致，好在花季盛时，不见片叶，只见满树的灿锦烂绣，把四月的景色对准了焦点，十足的一派唯美主义。正对我研究室窗下，便有一行宫粉羊蹄甲，花事焕发长达一月，而雨中清鲜，雾中飘逸，日下则暖熟蒸腾，不可逼视，整个四月都令我蠢蠢不安。美，总是令人分心的。还有一种宫粉羊蹄甲开的是秀逸皎白的花，其白，艳不可近，纯不可渎。崇基学院的坡堤上颇有几株，每次雨中路过，我总是看到绝望才离开。

雾雨交替的季节，路旁还有一种矮矮的花树，名字很怪，叫裂斗锥栗，发花的姿态也很别致。其叶肥大而翠绿，其花却在枝梢丛丛迸发，辐射成一瓣瓣奶酪色的六英寸长针，远远看去，像一群白刺猬在集会，令人吃惊，而开花开得如此怒发奋髭，又令人失笑。

毕竟是春天了，连带点僧气和道貌的松杉，也不由自主地透出了几分妩媚。阳台下面一望澄净，是进则为海退则为湖的吐露港，但海和我之间却虚掩着一排松树，不使风水一览无余，也不让我的昼啸夜吟悉被山魅水妖窥去，颇有罗汉把关的气象。不过这一排松树不是罗汉松，而是马尾松。挺立的苍干，疏疏的翠柯，却披上其密如绣其虚如烟的千亿针叶，无论是近仰远观，久了，就会有那么一点禅意。松树的一切都令人感到肃穆高古：即使满地的松针和龙鳞开剥的松果，也无不饱含诗意。"空山松子落"，恐怕是禅意最高的诗句了吧？在一切花香之上，松香是最耐闻的。在一切音籁之上，松涛是最耐听的。如果梅是国花，松，自然是国树了。

就连老僧一般的松树，四月间也忽然抽长出满是花粉的浅黄色烛形长苞，满树都是，恍若翡翠的巨烛台上，满擎着千枝黄烛，即使夜里，也予人半昧半明的感觉。如果一片山坡上都供着这些壮丽的烛台，就更像祭坛了。梵谷（凡·高）看到，岂不大狂？最美是雾季来时，白茫茫的混沌背景上，反映着阳台下那一排松影，笔触干净，线条清晰，那种水墨清趣，真值得雾失楼台、泯灭一切的形象来加以突出。

沙田这一带，也偶见凤凰木、夹竹桃之类，令人隔海想念台湾。不过最使人触目动心，至于落入言筌的，却是掩映路旁蔽翳坡侧的相思树，本地人称台湾相思。以前在台湾初识相思树，是在东海大学的山上，校门进去，柏油路两侧，枝接柯连，翠叶翳天的就是此树。叶珊说"这就是相思"，给我的印象很深。当时觉得此树不但名字取得浪漫，便于入诗，树的本身也够俊美，非独枝干依依，色调在粉黄之中带着灰褐，很是低柔，而且纤叶细长，头尾尖秀，状如眉月，在枝上左右平行地抽发如篦，紧密的梳齿梳暗了远远的天色，却又不像凤凰木的排叶那么严整不苟。

没有料到来了沙田，四野的相思树茂郁成林，风起处，春天遍地的绿旗招展，竟有一半是此树。中大的车道旁，相思林的翠旌交映，迤逦不绝，连车尘都有一点香了。以前不知相思树有花，来沙田七年也未见到花季，今年却不知何故，或许是雨水正合时吧，到了四月中旬，碧秋楼下石阶右边的相思丛林，不但换上鲜绿的新叶，而且绽开粉黄如绒球的一簇簇花来，衬在丛叶之间，起初不过点点碎金，等到发得盛了，其势如喷如爆，黄与绿争，一场油酥酥的春雨过后，山前山后，坡顶坡底，迎目都是一树树猖狂的金碧，正如我在诗中所说："虚幻如爱情故事的插图。"

这爱情树不但房人的眼睛，还要诱人的鼻孔。只要走入了它的势力范围，就有一股股飘忽不定而又馥郁迷人的暗香，有意无意地不断袭来，你的抵抗力很快就解除了。你若有所失地仰起脸来，向这一片异香行深呼吸，而春深似海，无论你的横膈膜如何鼓动，双肺的小风箱能吐纳多少芳泽？几个回合下来，你便餍足了。满林的香气，就这么如纱如网，牵惹着醺醺的行人，从四月底到六月初，暗施其金黄的蛊术。每次风后，黄绒纷纷便摇落如金粉，雨后呢，更是满地的碎金了，行人即使要避免践踏，只怕也无处可以落脚。最后，树上的金黄已少于地上的金黄，黄金的春光便让给了青翠的暑色。一场花季，都辗成了车尘。

　　相思树原产于中国台湾及菲律宾，却无人叫作菲律宾相思。台湾相思的名字真好，虽然不是为我而取，却牵动我多少的联想。树名如此惹人，恐怕跟小时候读的唐诗有关："红豆生南国，春来发几枝。愿君多采撷，此物最相思。"这么深永天然的好诗，只怕我一辈子也写不出来的了。不过此地的红豆，一名相思子，相传古时有人客死边地，其妇在树下恸哭而卒，却不是台湾相思的果实，未免扫兴。王维诗句这么动人遐思，当然在于红豆的形象，可是南国的魅力，也不可抵抗。小时候读这首诗，身在江南，心里的"南国"本来渺茫无着，隐隐约约，或者就在岭南吧，其实，"木棉花暖鹧鸪飞"，也是一种南国情景。那时江南少年，幼稚而又无知，怎料得到他的后半辈子，竟然更在南国以南。

一九八二年初夏

开卷如开芝麻门

"人生识字忧患始，姓名粗记可以休。"项羽这种英雄人物，当然不喜欢读书。刘邦也不喜欢读书，甚至不喜欢读书人。不过刘邦会用读书人，项羽有范增而不会用，汉胜楚败，这也是一个原因。苏轼这两句诗倒也不尽是戏言，因为一个人把书读认真了，就忍不住要说真话，而说真话常有严重的后果。这一点，坐牢贬官的苏轼当然深有体会。

这种"读书有罪"的意识加于读书人的身份压力，在资本主义的社会里，也感觉得到。海外的知识分子里，也有一些人只因自己读过几本书而怵惕不安，甚至感到罪孽深重。为了减轻心头的压力，他们尽量低抑自己知识分子的形象，或者搬弄几个十九世纪的老名词来贬低其他的知识分子，以示彼此有别。

其实在目前的社会，知识分子与非知识分子之间，早已愈来愈难"划清界限"。义务教育愈来愈普及，大众媒介也多少在推行社会教育，而各行各业的在职训练也不失为一种专才教育，所以在年轻人里要找绝对的非知识分子，已经很难了。且举一例，每年我回台北，都觉得出租车司机的知识水平在逐渐提高。从骆驼祥子到三轮车夫，从三轮车夫到今日的出租车司机，这一行在这一方面显然颇有变化。其他行业，或多或少，也莫不如此。从以前的批斗学者、白卷主义，到目前的宣传尊重知识分子，要干部学文化，要人民学礼貌，要学者出国深造等，也都显示了反知主义的重大错误。到今天，我们都应该承认，无论在什么社会，要是把读过书的人划为一个特殊的阶级，使他和其他的人对立起来，甚至加以羞辱、压抑，绝非健康之举。

读书其实只是交友的延长。我们交友，只能以时人为对象，而且朋友的数量毕竟有限。但是靠了书籍，我们可以广交异时和异地的朋友。要说择友，那就更自由了。一个人的经验当然以亲身得来的最为真切可靠，可是直接的经验毕竟有限。读书，正是吸收间接的经验。生活至上论者说读书是逃避现实，其实读书是扩大现实，扩大我们的精神世界。就算是我们的亲身经验，也不妨多听听别人对相似的经验有什么看法，以资印证。相反地，我认为不读书的人才逃避现实，因为他只生活在一种空间。英国文豪约翰生（约翰逊）说："写作的唯一目的，是帮助读者更能享受或忍受人生。"倒过来说，读书的目的也在加强对人生的享受，如果你得意；或是对人生的忍受，如果你失意。

在知识爆炸的现代，书，是绝对读不完的，如果读书不得其法，则一味多读也并无意义。古人矜博，常说什么"于学无所不窥"，什么"一物不知，君子之耻"。西方在文艺复兴的时代，也多通人，即所谓Renaissance Man。十六世纪末年，培根在给伯利勋爵的信中竟说："天下学问皆吾本分。"现代的学者，谁敢讲这种话呢？学问的专业化与日俱进，书愈出愈多，知识愈积愈厚，所以愈到后代，愈不容易做学问世界的亚历山大了。

不过，知识爆炸不一定就是智慧增高。我相信，今人的知识一定胜过古人，但智慧则未必。新知识往往比旧知识丰富、正确，但是真正的智慧却难分新旧。知识，只要收到就行了。智慧却需要再三玩味，反复咀嚼，不断印证。如果一本书愈读愈有味，而所获也愈丰，大概就是智慧之书了。据说《天路历程》的作者班扬，生平只熟读一部书：《圣经》。米尔顿（弥尔顿）是基督教的大诗人，当然也熟读《圣经》，不过他更博览群书。其结果，班扬的成就也不比米尔顿逊色多少。真能善读一本智慧之书的读者，离真理总不会太远，无论知识怎么爆炸，也会得鱼忘筌的吧。

叔本华说："只要是重要的书，就应该立刻再读一遍。"他所谓的重要的书，正是我所谓的智慧之书。要考验一本书是否不朽，最可靠的试金石当然是时间。古人的经典之作已经有时间为我们鉴定过了；今人的呢，可以看看是否经得起一读再读。一切创作之中，最耐读的恐怕是诗了。就我而言，"峨眉山月半轮秋"和"岐王宅里寻常见"，我读了几十年，几百遍了，却并未读厌；所以赵翼的话"至今已觉不新鲜"，是说错了。其次，散文、小说、戏剧，甚至各种知性文章等，只要是杰作，自然也都耐读。奇怪的是，诗最短，应该一览无遗，却时常一览不尽。相反地，卷帙浩繁，令人读来废寝忘食的许多侦探故事和武侠小说，往往不能引人看第二遍。凡以情节取胜的作品，真相大白之后也就完了。真正好的小说，很少依赖情节。诗最少情节，就连叙事诗的情节，也比小说稀薄，所以诗最耐读。

朱光潜说他拿到一本新书，往往先翻一两页，如果发现文字不好，就不读下去了。我要买书时，也是如此。这种态度，不能斥为形式主义，因为一个人必须想得清楚，才能写得清楚；反之，文字夹杂不清的人，思想一定也混乱。所以文字不好的书，不读也罢。有人立刻会说，文字清楚的书，也有一些浅薄得不值一读。当然不错，可是文字既然清楚，浅薄的内容也就一目了然，无可久遁。倒是偶尔有一些书，文字虽然不够清楚，内容却有其分量，未可一概抹杀。某些哲学家之言便是如此。不过这样的哲学家，我也只能称为有分量的哲学家，无法称为清晰动人的作家。如果有一位哲学家的哲学与唐君毅的相当或相近，而文字却比较清畅，我宁可读他的书，不读唐书。一位作家如果在文字表达上不为读者着想，那就有一点"目无读者"，也就不能怪读者可能"目无作家"了。朱光潜的试金法，颇有道理。

凡是值得读的智慧之书，都值得精读，而且再三诵读。古人所谓的"一目十行"，只是修辞上的夸张。"一目十行"只有两种情形：一是那本书不值得读，二是那个人不会读书。精读一本书或一篇作品，也有两种情形。一是主动精读，那当然自由得很。二是被迫精读，那就是以该书或该文为评论、翻译或教课的对象。要把一本书论好、译好、教好，怎能不加精读？所以评论家（包括编者、选家、注家）、翻译家、教师等都是很特殊的读者，被迫的精读者。这种读者一方面为势所迫，只许读通，不许读错，一方面较有专业训练，当然读得更精。经得起这批特殊读者再三精读的书，想必是佳作。经得起他们读上几十年几百年的书，一定成为经典了。普通的读者呢，当然也有他们的影响力，但是往往接受特殊读者的"意见领导"。

世界上的书太多了，就算是智慧之书也读不完，何况愈到后代，书的累积也愈大。一个人没有读过的书永远多于读过的书，浅尝之作也一定多于精读之作。不要说陌生人写的书了，就连自己朋友写的书，也没有办法看完，不是不想看完，而是根本没有时间，何况历代还有那么多的好书，早就该看而一直没看的，正带着责备的眼色等你去看。对许多人说来，永远只有很少的书曾经精读，颇多的书曾经略读，更多的书只是道听途说，而绝大多数的书根本没听说过。

略读的书单独看来似乎没有多大益处，但一加起来就不同了。限于时间和机缘，许许多多的好书只能略加翻阅，不能深交。不过这种点头之交（Nodding Acquaintance）十分重要，因为一旦需要深交，你知道该去哪里找他。很多深交都是这么从初交变成的。略读之网撒得愈广愈好。真正会读书的人，一定深谙略读之道，即使面对千百好书，也知道远近缓急之分。要点在于：妄人常把略读当成深交，智者才知道那不过是点头浅笑。有些书不但不宜精读，且亦不必略读，只能备读，例如字典。据说有人读过《大英百科全书》，这简直是以网汲水，除了迂阔，不知道还能证明什么。

有些人略读，作为精读的妥协，许多大学者也不免如此。有些人只会略读，因为他们没有精读的训练或毅力。更有些人略读，甚至掠读，只为了附庸风雅。这种态度当然会产生弊端，常被识者所笑。我倒觉得附庸风雅也不全是坏事，因为有人争附风雅，正显得风雅当道，风雅有"善势力"，逼得一般人都来攀附，未必心服，却至少口服。换了是野蛮当道，野蛮拥有恶势力，如"文革"时期，大家烧书丢书都来不及，还有谁敢附庸风雅呢？

附庸风雅的人多半是后知后觉，半知半觉，甚或是不知不觉，但是他们不去学野蛮，却来学风雅，也总算见贤思齐，有心向善，未可厚非。有人附庸风雅，才有人来买书，有人买书，风雅才能风雅下去。据我看来，附庸风雅的人不去图书馆借书，只去书店买书。新书买来了，握在手里，提在口头，陈于架上，才有文化气息。书香，也不能不靠铜臭。

当然，买书的人并非都在附庸风雅。文化要发达，书业要旺盛，实质上要靠前述的那一小撮核心分子的特殊读者来"推波助澜"。一般读者正是那波澜，至于附庸风雅的人，就是波澜激起的浪花，更显得波澜之壮阔多姿。大致说来，有钱人不想买书，就算"买点文化"来做客厅风景，也是适可而止。反过来呢，爱书的人往往买不起文化，至少不能放手畅买，到精神的奢侈得以餍足的程度。

亚历山大恨世界太小，更无余地可以征服，牛顿却叹学海太大，只能在岸边拾贝。书海，也就是学海了。逛大书店，对华美豪贵的精装巨书手抚目迷，"意淫"一番，充其量只像加州的少年在滩边踏板冲浪罢了，至于海，是带不回家的。我在香港，每个月大概只买三百元左右的书刊，所收台港两地的赠书恐怕也值三百元。这样子的买文化，只能给我"过屠门而磨牙"的感觉，连小康也沾不上，遑论豪奢。要我放手畅买的话，十万元也不嫌多。

看书要舒服，当然要买硬封面的精装本，但价格也就高出许多。软封面的平装本，尤其是胶背的一种，反弹力强得恼人，摊看的时候总要用手去镇压。遇到翻译或写评时需要众书并陈，那就不知要动员多少东西来镇压这一批不驯之徒。台灯、墨水瓶、放大镜、各种各样的字典和参考书，一时纷然杂陈，争据桌面，真是牵一发而动全身。这时，真恨不得我的书桌大得像一张乒乓球桌，或是其形如扇，而我坐在扇柄的焦点。我曾在伦敦的卡莱尔故居，见到文豪生前常用的一张扶手椅，左边的扶手上装着一具阅读架，可以把翻开的书本斜倚在架上，架子本身也可作九十度的推移，椅前还有一只厚垫可以搁脚。不过，这只能让人安坐久读，却不便写作时并览众书。

有时新买了一部漂亮的贵书回来，得意摩挲之余，不免也有一点犯罪感，好像是又娶了一个妾，不但对不起原有的满架藏书，也有点对不起太太。书房里一架架的藏书，有许多本我非但不曾精读，甚至略读也说不上，辜负了众美，却又带了一位回来，岂不成了阿剌伯（阿拉伯）的油王？至于太太呢，她也有自己的嗜好呀，例如玉器，却舍不得多买。要是她也不时这么放纵一下，又怎么办呢？而我，前几天不是才买过一批书吗，怎么又要买了？我的理由，例如文化投资、研究必备等，当然都光明正大。幸好太太也不是未开发的头脑，每次见我牵了新欢进门，最多纵容地轻叹一声，也就姑息下去了。其实对我自己说来，不断买书，虽然可以不断满足占有欲而乐在其中，但是烦恼也在其中。为学问着想，我看过的书太少；为眼睛着想，我看过的书又太多了。这矛盾始终难解，太太又不断恫吓我说，再这么鹭鸶一般弯颈垂头在书页的田埂之上，要防颈骨恶化，脊骨退化，并举几个朋友做反面教材。

除了这些威胁的阴影，最大的问题是书的收藏。每个读书人的藏书，都是用时不够，藏时嫌多。我在台北的藏书原有两千多册，去港九年搜集的书也有一千多册了，不但把办公室和书房堆得满坑满谷，与人争地，而且采行扩充主义，一路侵入客厅、饭厅、卧室、洗衣间，只见东一堆，西一叠，各占山头，有进无退，生存的空间饱受威胁。另一现象，是不要的书永远在肘边，要找的呢，就忽然神秘失踪，到你不要时又自动出现。我对太太说，总有一天我们车尾的行李箱也要用来充书库了。问题是，这几千本书目前虽可用"双城记"分藏在台北和香港，将来我迁回台北，这"两地书"却该怎么合并？

然而书这东西，宁愿它多得成灾，也不愿它少得寂寞。从封面到封底，从序到跋，从扉页的憧憬到版权的现实。书的天地之大，绝不止于什么黄金屋和颜如玉。那美丽的扉页一开，真有"芝麻开门"的神秘诱惑，招无数心灵进去探宝。古人为了一本借来的书限期到了，要在雪地里长途跋涉去还给原主。在书荒的抗战时代，我也曾为了喜欢一本借来的天文学入门，在摇曳如梦的桐油灯下逐夜抄录。就在那时，陆蠡为了追讨日本兵没收去的书籍，而受刑致死。在书劫的"文革"时期，一切"封资修"的毒草害书，不是抄走，便是锁起，或者被焚于火里。无数的读书人都诀别了心爱的藏书，可惊的是，连帝俄的作家都难逃大劫。请看四川诗人流沙河的《焚书》吧：

留你留不得，
藏你藏不住。

今宵送你进火炉，
永别了，
契诃夫！

夹鼻眼镜山羊胡，
你在笑，我在哭。
灰飞烟灭光明尽，
永别了，
契诃夫！

一九八三年六月于厦门街

爱弹低调的高手
——远悼吴鲁芹先生

1

上一次见到吴鲁芹先生，是在一九八一年九月。那年的国际笔会在法国召开，他从美国，我从香港，分别前往里昂赴会，都算代表台北。里昂的街头秋色未着，高俊的乔木丛叶犹青，不过风来时已有寒意。他上街总戴一顶黑色法国呢帽，披一件薄薄的白色风衣，在这黑白对照之间，还架了一副很时髦的浅茶褐太阳眼镜，加以肤色白皙，面容饱满，神情闲散自得，以一位六十开外的人说来，也是够潇洒的了。他健谈如故。我们的车驶过萨翁（索恩，River Saone）河堤，凉沁沁的绿荫拂人一身，他以怀旧的低调追述夏济安、陈世骧、徐讦等生前的轶事，透出一点交游零落、只今余几的感伤。当时明艳的河景映颊，秋风里，怎么料得到，不出两年就有此巨变？

那次去里昂开会的中国人，除了巴金一行，还有代表台北而来自巴黎的杨允达和代表香港的徐东滨。法国笔会把中国人全安置在同一家旅馆，因此我们好几次见到巴金。有一次，吴鲁芹在电梯里遇见四十年前武汉大学的老同学，面面相觑久之，忽然那人叫道："你不是吴鸿藻吗？"吴鲁芹叫道："你不是叶君健吗？"笑了一阵子后，对方说："等下我来看你。"吴鲁芹潇洒地答道："好啊，正好叙叙武汉往事……"这件事，第二天吃早饭时他告诉了我们，说罢大笑。吴鲁芹做人向往的境界，是潇洒。他所谓的潇洒，是自由，自然，以至于超然。也就因此，他一生最厌烦的就是剑拔弩张、党同伐异的载道文学。这种态度，他与文坛的二三知己如夏济安、林以亮等完全一致。在那次国际笔会的研讨会上，轮到自己发表论文时，他也就针对这种奉命文学毫不含糊地提出批评。

里昂四天会后，我们又同乘高速的新火车去巴黎。之后杨允达又以地主之谊，带我们和徐东滨遍览圣母院、铁塔、凡尔赛宫等地。一路上吴鲁芹游兴不浅，语锋颇健，精神显得十分充沛。只有两次有人提议登高探胜，他立刻敬谢不敏，宁愿留在原地，保存体力。当时羡慕他老而犹健，老得那么闲逸潇洒，而晚作又那么老而愈醇，不料未及两年，对海的秣陵郡竟然传来了噩耗。

这消息来得突然，但到我眼前，却晚了三天：我是在港报上看到有短文悼他，才惊觉过来的。吃早饭时我非常难过，咽下去的是惊愕与惋惜，为二十多年的私交，也为中国的文坛。在出身外文系而投身中文创作的这条路上，他是我的前辈。中英文的修养，加上性情才气，要配合得恰到好处，才产生得出他那样一位散文家来。这一去，他那一代的作家又弱了一个，他那一代也更加寂寞了。但悲悼之情淡下来后，又觉得他那样的死法，快而不痛，不失痛快，为他洒脱的人生观潇洒作结，亦可谓不幸之幸。今年六月，我仓皇回台湾侍奉父疾，眼看老人家在病榻上辗转呻吟之苦，一时悲怆无奈，觉得长寿未必就是人生之福。吴鲁芹说走就走，不黏不滞，看来他在翡冷翠（佛罗伦萨）梦见徐志摩，也可算是伏笔。

现在他果然去了徐志摩那边，当然也与夏济安重逢了。如果人死后有另一度空间，另一种存在，则他们去的地方也颇不寂寞，而左邻右舍也非等闲之辈。也许阳世眼浅，只看到碑石墓草而已。最巧的是，吴鲁芹对于大限将至似乎早有预感，去年四月他发表的一篇散文，已经对身后事熟加思考。那篇文章叫《泰岱鸿毛只等闲——近些时对"死"的一些联想》，当时我在《明报月刊》上读到，就对朋友说，这是一篇杰作，也是吴鲁芹最深沉最自然的散文。在文首作者回忆他"去年初冬"（也就是一九八一年底，大约在我们法国之会后两个月）急病入院，自忖必死，"可是过不了几天，却又安然无恙了"。他说当时他被抬进医院，心情颇为恬静，并无不甘死去之念。他说："曾有人说，一个人能活到花甲之年就很不错了。花甲之后的'余年'是外赏，是红利，是捡来的。"接着他对死亡一事反复思维，并且推翻司马迁所谓的"死或重于泰山，或轻于鸿毛"，认为此事只有迟早，却难分轻重，最后他说：

> 至于我自己呢，对泰山之重是高攀不上的，但亦不甘于菲薄贱躯轻于鸿毛，所以对泰岱鸿毛之说，完全等闲视之。然人总归不免一死，能俯仰俱无愧，当然很好，若是略有一些愧怍，亦无大碍。智愚贤不肖，都要速朽的。君不见芸芸众生中，亦有一些不自量力求宽延速朽的时限的，谁不是枉费心机？谁不是徒劳？

这一段文字真正是大家之风，表现的不是儒家的道德理想，而是道家的自然态度，毋宁更近于人性。我尤其喜欢他那句："能俯仰俱无愧，当然很好，若是略有一些愧怍，亦无大碍。"道德上的理想主义要人洁白无瑕，求全得可怕，令人动辄得咎，呼吸困难。只要不是存心作恶，则"略有一些愧怍，亦无大碍"，更是宽己而又恕人，温厚可亲，脱略可爱。

2

初识吴鲁芹，已经是三十年前的事了。我交朋友有点随缘而化，他，却是我主动去结识的。那时我初去台湾，虽然还是文艺青年，对于报上习见的八股陋文却很不耐烦。好不容易有一天在《新生报》副刊上读到署名吴鲁芹的一篇妙文《谈文人无行》，笔锋凌厉，有钱锺书的劲道。大喜之下，写了一篇文章响应，并且迫不及待，打听到作者原名是吴鸿藻，在美新处工作，立刻径去他的办公室拜访。

后来他发现这位台大学生不但写诗，还能译诗，就把我在《学生英语文摘》上发表的几首英诗中译寄给林以亮。林以亮正在香港筹编《美国诗选》，苦于难觅合译的伙伴，吴鲁芹适时的推荐，解决了他的难题。这也是我和林以亮交往的开始，我也就在他们亦师亦友的鼓励和诱导之下，硬着头皮认真译起诗来。这段因缘，日后我出版《英美现代诗选》时，曾在译者序里永志不忘。

一般人提到台大外文系王文兴、白先勇、欧阳子那一班作家辈出，常归因于夏济安的循循善诱。夏氏中英文造诣俱高，在授英美文学的老师里，是极少数兼治现代文学的学者之一。王文兴那一班的少壮作家能得风气之先，与夏氏的影响当然大有关系。不过夏济安的文学修养和他弟弟志清相似，究以小说为主：我常觉得，王、白那一班出的多是小说家，绝少诗人与散文家，恐怕也与师承有关。

据我所知，当时提掖后进的老师辈中，如果夏济安是台前人物，则吴鲁芹该是有力的幕后人物。五十年代吴氏在台北各大学兼课，但本职是在美国新闻处，地位尊于其他中国籍的职员。最早的《文学杂志》虽由夏济安出面主编，实际上是合吴鲁芹、林以亮、刘守宜与夏氏四人之力办成。纯文学的期刊销路不佳，难以持久，如果不是吴鲁芹说服美新处长麦加锡（麦卡锡）逐期支持《文学杂志》，该刊恐怕维持不了那么久。受该刊前驱影响的《现代文学》，也因吴氏赏识，援例得到美新处相当的扶掖。

此外，当时的美新处还出了一套台湾年轻一代作品的英文译本，主其事的正是吴氏。被他挑中的年轻作家和负责设计的画家（例如席德进和蒋健飞），日后的表现大半不凡，也可见他的眼光之准。我英译的那本青涩而单薄的

《中国新诗选》（*New Chinese Poetry*），也忝在其列。书出之日，有酒会庆祝，出席者除入选的诗人纪弦、钟鼎文、覃子豪、周梦蝶、夏菁、罗门、蓉子、洛夫、郑愁予、杨牧等（痖弦、方思等几位不在台北），尚有胡适、罗家伦等来宾。胡适更以中国新诗元老的身份应邀致词，讲了十分钟话。当时与会者合摄的照片我珍藏至今。此事其实也由吴鲁芹促成，当时他当然也在场照料，但照片上却没有他。功成不居，远避镜头，隐身幕后，这正是吴鲁芹的潇洒。暗中把朋友推到亮处，正是他与林以亮共有的美德。

　　这已经是二十多年的往事了。一九六二年他去了美国之后，我们见面遂稀：一次是在一九七一年夏天，我在回国前夕从丹佛飞去华盛顿，向傅尔布莱特基金会辞行，乘便访他和高克毅，一同吃了午餐。另一次，也就是上一次和最后的一次，便是前年在里昂之会。回想起来，在法国的五日盘桓，至今笑谈之貌犹在左右，也真是有缘幸会了。

3

　　和吴鲁芹缘悭一面的千万读者，仍可到他的作品里去认识这位认真而又潇洒的高士。他在文章里说："智愚贤不肖，都要速朽的。"这话只对了一半，因为一流作家的文字正如一块巨碑立在他自己身后，比真正的碑石更为耐久。这一点倒是重如泰山，和他在文中潇洒言之者不尽相同。

吴鲁芹一生译著颇富，但以散文创作的成就最高。早年作品可以《鸡尾酒会及其他》为里程碑，尤以《鸡尾酒会》一篇最生动有趣。据我所知，《小襟人物》虽然是他仅有的小说创作，却寄寓深婉，低调之中有一股悲怆不平之气，不折不扣是一篇杰作。吴氏迁美之后，一搁笔就是十年以上，甚至音讯亦杳。正当台湾文坛准备把他归档为过客，他却蹄声嘚嘚，成了荣归的浪子，卷土重来之势大有可观。《英美十六家》游刃于新闻采访与文学批评之间，使他成为台湾空前的"超级记者"。《瞎三话四集》《师友·文章》《余年集》相继出版，更使晚年的吴鲁芹重受文坛瞩目。

一位高明的作家在晚年复出，老怀益壮的气概，很像丁尼生诗里的希腊英雄犹力西斯（尤利西斯）。"凭谁问，廉颇老矣，尚能饭否?"我想伏枥的老骥，一旦振蹄上路，这种廉颇意结总是难克服的。目前的文坛，我们见到有些诗人复出，能超越少作的不多。有些散文家迄未搁笔，却慢慢退步了。吴鲁芹复出后非但不见龙钟之态，反而笔力醇而愈肆，文风庄而愈谐，收放更见自如，转折更见多姿，令人刮目。而正当晚霞丽天之际，夕阳忽然沉落。如此骤去，引人多少怅望，也可谓善于收笔了。

吴氏前期的散文渊源虽广，有些地方却可见钱锺书的影响，不但书袋较重，讽寓略浓，而且警句妙语虽云工巧，却不掩蛛丝马迹，令人稍有转弯抹角、刻意以求之感。后期作品显已摆脱钱氏之困，一切趋于自然与平淡，功力匀于字里行间，情思也入于化境。在他最好的几篇散文如《泰岱鸿毛只等闲》里，他的成就可与当代任何大家相提并论。

梁实秋在《读联副三十年文学大系》中说吴鲁芹的散文有谐趣。我觉得吴鲁芹的谐趣里寓有对社会甚至当道的讽喻，虽然也不失温柔之旨，但读书人的风骨却随处可见。他的散文长处不在诗情画意的感性，而在人情世故、事态物理的意趣之间。本质上，他是一位知性的散文家。

六年前吴鲁芹在《中外文学》五周年纪念的散文专辑里，发表《散文何以式微的问题》一文，认为在我们这大众传播的"打岔时代"，即使蒙田和周作人转世，也难以尽展文才。他说："尽管报纸广告上说当代散文名家辈出，而成果实在相当可怜，梁实秋的《雅舍小品》几乎成为'鲁殿灵光'。"这句话，我实在不能接受。吴鲁芹写文章惯弹低调，但这句话的调子却未免太低，近乎浇冷水了。不说年轻的一代有的是杨牧、张晓风等高手，再下一代更有林清玄等人，就单看吴氏那一代，从琦君到王鼎钧，近作都有不凡的表现。更不提香港也另有能人。而最能推翻这低调的有力例证，就是吴鲁芹自己复出后的庾信文章。

一九八三年八月十二日

记忆像铁轨一样长

　　我的中学时代在四川的乡下度过。那时正当抗战，号称天府之国的四川，一寸铁轨也没有。不知道为什么，年幼的我，在千山万岭的重围之中，总爱对着外国地图，向往去远方游历，而且觉得最浪漫的旅行方式，便是坐火车。每次见到月历上有火车在旷野奔驰，曳着长烟，便心随烟飘，悠然神往，幻想自己正坐在那一排长窗的某一扇窗口，无穷的风景为我展开，目的地呢，则远在千里外等我，最好是永不到达，好让我永不下车。那平行的双轨一路从天边疾射而来，像远方伸来的双手，要把我接去未知；不可久视，久视便受它催眠。

　　乡居的少年那么神往于火车，大概因为它雄伟而修长，轩昂的车头一声高啸，一节节的车厢铿铿跟进，那气派真是慢人。至于轮轨相激枕木相应的节奏，初则铿锵而慷慨，继则单调而催眠，也另有一番情韵。过桥时俯瞰深谷，真若下临无地，蹑虚而行，一颗心，也忐忐忑忑待在半空。黑暗迎面撞来，当头罩下，一点准备也没有，那是过山洞。惊魂未定，两壁的回声轰动不绝，你已经愈陷愈深，冲进山岳的盲肠里去了。光明在山的那一头迎你，先是一片幽昧的微熹，迟疑不决，蓦地天光豁然开朗，黑洞把你吐回给白昼。这一连串的经验，从惊到喜，中间还带着不安和神秘，历时虽短而印象很深。

坐火车最早的记忆是在十岁。正是一九三八年，母亲带我从上海乘船到安南，然后乘火车北上昆明。滇越铁路与富良江平行，依着横断山脉蹲踞的余势，江水滚滚向南，车轮铿铿向北。也不知越过多少桥，穿过多少山洞。我靠在窗口，看了几百里的桃花映水，真把人看得眼红、眼花。

入川之后，刚兀的铁轨只能在山外远远喊我了。一直要等胜利还乡，进了金陵大学，才有京沪路上疾驶的快意。那是大一的暑假，随母亲回她的故乡武进，铁轨无尽，伸入江南温柔的水乡，柳丝弄晴，轻轻地抚着麦浪。可是半年后再坐京沪路的班车东去，却不再中途下车，而是直达上海。那是最哀伤的火车之旅了：渡江战役前夕，我们仓皇离京（南京），还是母子同行，幸好儿子已经长大，能够照顾行李。车厢挤得像满满一盒火柴，可是乘客的四肢却无法像火柴那么排得平整，而是交肱叠股，摩肩错臂，互补着虚实。母亲还有座位。我呢，整个人只有一只脚半踩在茶几，另一只则在半空，不是虚悬在空中，而是斜斜地半架半压在各色人等的各色肢体之间。这么维持着"势力均衡"，换腿当然不能，如厕更是妄想。到了上海，还要奋力夺窗而出，否则就会被新涌上车来的回程旅客夹在中间，挟回南京去了。

来台之后，与火车更有缘分。什么快车慢车、山线海线，都有缘在双轨之上领略，只是从前京沪路上的东西往返，这时变成了纵贯线上的南北来回，滚滚疾转的风火千轮上，现代哪吒的心情，有时是出发的兴奋，有时是回程的慵懒，有时是午晴的遐思，有时是夜雨的落寞。大玻璃窗招来豪阔的山水，远近的城村；窗外的光景不断，窗内的思绪不绝，真成了情景交融。尤其是在长途，终站尚远，两头都搭不上现实，这是你一切都被动的过渡时期，可以绝对自由地大想心事，任意识乱流。

饿了，买一盒便当充午餐，虽只一片排骨，几块酱瓜，但在快览风景的高速动感下，却显得特别可口。台中站到了，车头重重地喘一口气，颈挂零食拼盘的小贩一拥而上，太阳饼、凤梨酥的诱惑总难以拒绝。照例一盒盒买上车来，也不一定是为了有多美味，而是细嚼之余有一股甜津津的乡情，以及那许多年来，唉，从年轻时起，在这条线上进站、出站、过站、初旅、重游、挥别，重重叠叠的回忆。

最生动的回忆却不在这条线上，在阿里山和东海岸。拜阿里山神是在十二年前。朱红色的窄轨小火车在洪荒的岑寂里盘旋而上，忽进忽退，忽蠕蠕于悬崖，忽隐身于山洞，忽又引吭一呼。回声在峭壁间来回反弹。万绿丛中牵曳着一线媚红，连高古的山颜也板不起脸来了。

拜东岸的海神却近在三年以前，是和我存一同乘电气化火车从北回线南下。浩浩的太平洋啊，日月之所出，星斗之所生，毕竟不是海峡所能比，东望，是令人绝望的水蓝世界。起伏不休的咸波，在远方，摇撼着多少个港口多少只船，扪不到边，探不到底，海神的心事就连长锚千丈也难窥。一路上怪壁碍天，奇岩镇地，被千古的风浪蚀刻成最丑所以也最美的形貌，罗列在岸边如百里露天的艺廊，刀痕刚劲，一件件都凿着时间的签名，最能满足狂士的"石癖"。不仅岸边多石，海中也多岛。火车过时，一个个岛屿都不甘寂寞，跟它赛起跑来。毕竟都是海之囚，小的，不过跑三两分钟，大的，像龟山岛，也只能追逐十几分钟，就认输放弃了。

萨洛扬的小说里，有一个寂寞的野孩子，每逢火车越野而过，总是兴奋地在后面追赶。四十年前在四川的山国里，对着世界地图悠然出神的，也是那样寂寞的一个孩子，只是在他的门前，连火车也不经过。后来远去外国，越洋过海，坐的却常是飞机，而非火车。飞机虽可想成庄子的逍遥之游，列子的御风之旅，但是出没云间，游行虚碧，变化不多，机窗也太狭小，久之并不耐看。哪像火车的长途，催眠的节奏，多变的风景，从阔窗里看出去，又像是在人间，又像驶出了世外。所以在国外旅行，凡铿铿的双轨能到之处，我总是站在月台——名副其实的"长亭"——上面，等那阳刚之美的火车轰轰隆隆其势不断地踹进站来，来载我去远方。

在美国的那几年，坐过好多次火车。在爱奥华（爱荷华）城读书的那一年，常坐火车去芝加哥看刘鎏和孙璐。美国是汽车王国，火车并不考究。去芝加哥的老式火车颇有十九世纪遗风，坐起来实在不大舒服，但沿途的风景却看之不倦。尤其到了秋天，原野上有一股好闻的淡淡焦味，太阳把一切成熟的东西焙得更成熟，黄透的枫叶杂着赭尽的橡叶，一路艳烧到天边，谁见过那样美丽的火灾呢？过密西西比河，铁桥上敲起空旷的铿锵，桥影如网，张着抽象美的线条，倏忽已踹过好一片壮阔的烟波。等到暮色在窗，芝城的灯火迎面渐密，那黑人老车掌就喉音重浊地喊出站名：Tanglewood！

有一次，从芝城坐火车回爱奥华城。正是圣诞假后，满车都是回校的学生，大半还背着、拎着行囊，更显拥挤。我和好几个美国学生挤在两节车厢之间，等于站在老火车轧轧交挣的关节之上，又冻又渴。饮水的纸杯在众人手上，从厕所一路传到我们跟前。更严重的问题是不能去厕所，因为连那里面也站满了人。火车原已误点，我们在呵气翳窗的芝城总站上早已困立了三四个小时，偏偏隆冬的膀胱最容易注满。终于"满载而归"，一直熬到爱大的宿舍。一泻之余，顿觉身轻若仙，重心全失。

美国火车经常误点，真是恶名昭彰。我在美国下决心学开汽车，完全是给老爷火车激出来的。火车误点，或是半途停下来等到地老天荒，甚至为了说不清楚的深奥原因向后倒开，都是最不浪漫的事。几次耽误，我一怒之下，决定把方向盘握在自己手里，不问山长水远，都可即时命驾。执照一到手，便与火车分道扬镳，从此我骋我的高速路，它敲它的双铁轨。不过在高速路旁，偶见迤迤的列车同一方向疾行，那修长而魁伟的体魄，那稳重而剽悍的气派，尤其是在天高云远的西部，仍令我怦然心动。总忍不住要加速去追赶，兴奋得像西部片里马背上的大盗，直到把它追进了山洞。

　　一九七六年去英国，周榆瑞带我和彭歌去剑桥一游。我们在维多利亚车站的月台上候车，匆匆来往的人群，使人想起那许多著名小说里的角色，在这"生之旋涡"里卷进又卷出的神色与心情。火车出城了，一路开得不快，看不尽人家后院晒着的衣裳和红砖翠篱之间明艳而动人的园艺。那年西欧大旱，耐干的玫瑰却恣肆着娇红。不过是八月底，英国给我的感觉却是过了成熟焦点的晚秋，尽管是迟暮了，仍不失为美人。到剑桥飘起霏霏的细雨，更为那一幢幢严整雅洁的中世纪学院平添了一分迷蒙的柔美。经过人文传统日琢月磨的景物，毕竟多一种沉潜的秀逸气韵，不是铝光闪闪的新厦可比。在空幻的雨气里，我们撑着黑伞，踱过剑河上的石洞拱桥，心底回旋的是米尔顿牧歌中的抑扬名句，不是碤石才子的江南乡音。红砖与翠藤可以为证，半部英国文学史不过是这河水的回声。雨气终于浓成暮色，我们才挥别了灯暖如橘的剑桥小站。往往，大旅途里最具风味的，是这种一日来回的"便游"（side trip）。

　　两年后我去瑞典开会，回程顺便一游丹麦与德国，特意把斯德哥尔摩到哥本哈根的机票，换成黄底绿字的美丽火车票。这一程如果在云上直飞，一小时便到了，但是在铁轨上轮转，从上午八点半到下午四点半，却足足走了八个小时。云上之旅海天一色，美得未免抽象。风火轮上八小时的滚滚滑行，却带我深入瑞典南部的四省，越过青青的麦田和黄艳艳的芥菜花田，攀过银桦蔽天杉柏密菁的山地，渡过北欧之喉的峨瑞升德海峡（厄勒海峡），在香熟的夕照里驶入丹麦。瑞典是森林王国，火车上凡是门窗几椅之类都用木制，给人的感觉温厚而可亲。车上供应的午餐是烘面包夹鲜虾仁，灌以甘冽的嘉士伯啤酒，最合我的胃口。瑞典南端和丹麦北部这一带，陆上多湖，海中多岛，我在诗里曾说这地区是"屠龙英雄的泽国，佯狂王子的故乡"，想象中不知有多阴郁，多神秘。其实那时候正是春夏之交，纬度高远的北欧日长夜短，柔蓝的海峡上，迟暮的天色久久不肯落幕。我在延长的黄昏里独游哥本哈根的夜市，向人鱼之港的灯影花香里，寻找疑真疑幻的传说。

德国之旅，从杜塞尔多夫到科隆的一程，我也改乘火车。德国的车厢跟瑞典的相似，也是一边是狭长的过道，另一边是方形的隔间，装饰古拙而亲切，令人想起旧世界的电影。乘客稀少，由我独占一间，皮箱和提袋任意堆在长椅上。银灰与橘红相映的火车沿莱茵河南下，正自纵览河景，查票员说科隆到了。刚要把行李提上走廊，猛一转身，忽然瞥见蜂房蚁穴的街屋之上峻然拔起两座黑黝黝的尖峰，瞬间的感觉，极其突兀而可惊。定下神来，火车已经驶近那一双怪物，峭险的尖塔下原来还整齐地绕着许多小塔，锋芒逼人，拱卫成一派森严的气象，那么崇高而神秘，中世纪哥特式的肃然神貌耸在半空，无闻于下界琐细的市声。原来是科隆的大教堂，在莱茵河畔顶天立地已七百多岁。火车在转弯。不知道是否因为车身微侧，竟感觉那一对巨塔也峨然倾斜，令人吃惊。不知飞机回降时成何景象，至少火车进城的这一幕十分壮观。

　　三年前去里昂参加国际笔会的年会，从巴黎到里昂，当然是乘火车，为了深入法国东部的田园诗里，看各色的牛群，或黄或黑，或白底而花斑，嚼不尽草原上缓坡上远连天涯的芳草萋萋。陌生的城镇，点名一般地换着站牌。小村更一现即逝，总有白杨或青枫排列于乡道，掩映着粉墙红顶的村舍，衬以教堂的细瘦尖塔，那么秀气地针着远天。席思礼（西斯莱）、毕沙洛（毕沙罗），在初秋的风里吹弄着牧笛吗？那年法国刚通了东南线的电气快车，叫作Le TGV（Train à Grande Vitesse），时速三八〇公里，在报上大事宣扬。回程时，法国笔会招待我们坐上这骄红的电鳗。由于座位是前后相对，我一路竟倒骑着长鳗进入巴黎。在车上也不觉得怎么"风驰电掣"，颇感不过如此。今年初夏和纪刚、王蓝、健昭、杨牧一行，从东京坐子弹车射去京都，也只觉其"稳健"而已。车到半途，天色渐昧，正吃着鳗鱼佐饭的日本便当，吞着苦涩的札幌啤酒，车厢里忽然起了骚动，惊叹不绝。在邻客的探首指点之下，讶见富士山的雪顶白矗晚空，明知其为真实，却影影绰绰，像一片可怪的幻象。车行极快，不到三五分钟，那一影淡白早已为近丘所遮。那样快的变动，敢说浮世绘的画师，戴笠挎剑的武士，都不曾见过。

台湾中南部的大学常请台北的教授前往兼课，许多朋友不免每星期南下台中、台南或高雄。从前龚定庵奔波于北京与杭州之间，柳亚子说他"北驾南舣到白头"。这些朋友在岛上南北奔波，看样子也会奔到白头，不过如今是在双轨之上，不是驾马舣舟。我常笑他们是演"双城记"，其实近十年来，自己在台北与香港之间，何尝不是如此？在台北，三十年来我一直以厦门街为家。现在的汀洲路二十年前是一条窄轨铁路，小火车可通新店。当时年少，我曾在夜里踏着轨旁的碎石，鞋声轧轧地走回家去，有时索性走在轨道上，把枕木踩成一把平放的长梯。时常在冬日的深宵，诗写到一半，正独对天地之悠悠，寒战的汽笛声会一路沿着小巷呜呜传来，凄清之中有其温婉，好像在说：全台北都睡了，我也要回站去了，你，还要独撑这倾斜的世界吗？夜半钟声到客船，那是张继。而我，总还有一声汽笛。

在香港，我的楼下是山，山下正是九广铁路的中途。

从黎明到深夜，在阳台下滚滚碾过的客车、货车，至少有一百班。初来的时候，几乎每次听见车过，都不禁要想起铁轨另一头的那一片土地，简直像十指连心。十年下来，那样的节拍也已听惯，早成大寂静里的背景音乐，与山风海潮合成浑然一片的天籁了。那轮轨交磨的声音，远时哀沉，近时壮烈，清晨将我唤醒，深宵把我摇睡，已经潜入了我的脉搏，与我的呼吸相通。将来我回去台湾，最不惯的恐怕就是少了这金属的节奏，那就是真正的寂寞了。也许应该把它录下音来，用最敏感的机器，以备他日怀旧之需。附近有一条铁路，就似乎把住了人间的动脉，总是有情的。

　　香港的火车电气化之后，大家坐在冷静如冰箱的车厢里，忽然又怀起古来，隐隐觉得从前的黑头老火车，曳着煤烟而且重重叹气的那种，古拙刚愎之中仍不失可亲的味道。在从前那种车上，总有小贩穿梭于过道，叫卖斋食与"凤爪"，更少不了的是报贩。普通票的车厢里，不分三教九流，男女老幼，都杂杂沓沓地坐在一起，有的默默看报，有的怔怔望海，有的瞌睡，有的啃鸡爪，有的闲闲地聊天，有的激昂慷慨地痛论国事，但旁边的主妇并不理会，只顾得呵斥自己的孩子。如果你要香港社会的样品，这里便是。周末的加班车上，更多广州返来的回乡客，一根扁担，就挑尽了大包小笼。此情此景，总令我想起杜米叶（杜米埃，

Honoré Daumier）的名画《三等车上》（《三等车厢》）。只可惜香港没有产生自己的杜米叶，而电气化后的明净车厢里，从前那些汗气、土气的乘客，似乎一下子都不见了，小贩们也绝迹于月台。我深深怀念那个摩肩抵肘的时代。站在今日画了黄线的整洁月台上，总觉得少了一点什么，直到记起了从前那一声汽笛长啸。

写火车的诗很多，我自己都写过不少。我甚至译过好几首这样的诗，却最喜欢土耳其诗人塔朗吉（Cahit Sitki Taranci）的这首：

> 去什么地方呢？这么晚了，
> 美丽的火车，孤独的火车？
> 凄苦是你汽笛的声音，
> 令人记起了许多事情。
>
> 为什么我不该挥舞手巾呢？
> 乘客多少都跟我有亲。
> 去吧，但愿你一路平安。
> 桥都坚固，隧道都光明。

一九八四年五月七日

横行的洋文

十八世纪法国的大文豪伏尔泰，在流放英国期间才开始学习英文，他发现plague（瘟疫）只有一个音节，而ague（疟疾）居然有两个，大不高兴，说这种不合理的语言应该分成两半，一半交给"瘟疫"，另一半交给"疟疾"。后来他应腓特烈大帝之邀，以国师身份去普鲁士做客，又学起德文来。一试之下，他几乎呛住，又说但愿德国佬多些头脑，少些子音。法国人最自豪于本土的母语，对于条顿邻居不免有点优越感。唯其如此，他们讲英语总不脱家乡的高卢腔，不是这里r装聋，便是那里h作哑，而且把重音全部放松，弄得一点儿棱角都没有。我从来没有见过一个法国人能把英语讲纯。据说象征派诗人马拉美的职业是英文教师，我相信他是胜任的，却不大相信他能讲道地的英语。从前我在师大教英文散文，课本里有一则笑话，说法国人初学英文，心无两用，不慎踩着香蕉皮，滑了一跤，急得对扶他起来的英国朋友说：I glode. I treaded on banana hide!

伏尔泰的愤怒，是初学外文常有的反应。语言，天生是不讲理的东西，学者必须低首下心，唯命是从，而且昼思夜梦，念念有词，若中邪魔，才能出生入死，死里求生。学外文，必须先投降，才能征服，才能以魔鬼之道来伏魔。去年秋天，去了一趟委内瑞拉之后，我才下定决心，学起西班牙文来。三种形态的动词变化。镇日价咿唔吟哦，简直像在念咒。不过这种咒也真好听，因为不但圆转响亮，而且变化无穷。换了是中文，如果"我唱、你唱、他唱"地一路背下去，岂不像个白痴？有人笑称，学习外文之道，始于寒暄而终于吵架。也就是说，如果你能用外语跟人对骂，功夫就到家了。因为一个人吵架的时候，言词出口，纯以神遇，已经不暇推理了。

外文应从小学起。等到大了再学，早已舌头硬成石头，记性开如漏斗，不但心猿无定，意马难收，而且凡事都养成了喜欢推理的恶习，本该被动地接受，却要主动地去分析，精力常常浪费于无谓的不释。"他是一个大坏蛋，他不是吗？他不是一个大坏蛋，他是吗？"这种别扭的句法真会使中国人读得扭筋，而尤其尴尬的，是成年人初学外文，心智早已成熟，却要牙牙学语，一遍又一遍地说什么"我是一只小苹果，请吃我，请吃我"。

学西方语言，最可怕的莫过于动词，一切是非都是它惹出来的。规规矩矩的动词变化，在西班牙文里至少有四十七种；如果讲究细分，就会弄出七十八种来，而三种形态的动词变化当然还要加倍。至于不规则的动词，还不在内。好像还嫌这不够烦琐，西班牙人更爱用反身动词。中文里面也有"自治""自爱""律己""反躬""自食其果""自我陶醉"一类的反身动作，但是用得不多，而且限于及物动词。这类反身动词在西班牙文里却无所不在，而且为祸之广，连不及物动词也难幸免。明明可以说 Visto de prisa（我匆匆穿衣），却偏要说 Me visto de prisa（我匆匆为自己穿衣）；明明可以说 Desayunamos（我们吃早饭），却偏要说 Nos desayunamos（我们喂自己吃早饭）。这观念一旦横行，天下从此多事矣。

其他西方语言的烦人，也不相让。中国人的祖宗真是积德，一开始就福至心灵，不在动词上玩花样，真是庇荫子孙，不用我们来受这"原罪"。杜牧的名句："秦人不暇自哀，而后人哀之。后人哀之而不鉴之，亦使后人而复哀后人也。"如果用西文来说，简简单单一个"哀"字就不晓得在动词变化上，要弄出多少名堂来。西方语言这么苛分动词的时态，很可能是因为西方文化以时间观念为主，所以西洋绘画考究明暗烘托，物必有影，而光影正是时间。中国绘画不画物影，也不分晨昏，似乎一切都在时间之外，像中文的动词一样。

除英文外，西方许多语言更爱把无辜的名词，分成阳性、阴性，甚至中性。往往，这阴阳之分也无理可喻。中国人把天地叫作乾坤，又叫皇天后土。法文、德文、西班牙文也都把天想成阳性，地想作阴性。法文和西班牙文都把山看成阴性，河看成阳性，不合中国人的看法。在德文里，山与河却都是阳性。一般语言都把太阳叫成阳性，月亮叫成阴性；唯独德国人拗性子，偏要把太阳叫作 die Sonne，把月亮叫作 der Mond，简直颠倒乾坤。

西班牙人把春季叫作 la primavera，其他三季都作阳性。意大利人把春夏都看成女人，秋冬则看成男人。这都是多情的民族。法国人把春夏冬三季都派成男人，唯独秋季可阳可阴。德国人则绝对不通融，四季一律是阳性。单看四季，已经乱成一团，简直是"瞎搞性关系"。中国人常用燕子来象征女性，说是"莺莺燕燕"；在法、德、意、西等语言里，燕子也都是阴性。连英国诗人史云朋（阿尔加侬·查尔斯·斯温伯恩）在名诗《伊缇勒丝》（*Itylus*， by A.C. Swinburne）里也说：

> 燕子啊我的妹子，啊，妹妹燕子，
>
> 你心里怎么会充满了春意？
>
> 一千个夏天都过去了，都逝去。

可见燕子做"女人"是做定了。不过她带来的究竟是春天还是夏天，则未有定论。英文有一句成语："一只燕子还不算夏天。"（One swallow does not make a summer.）意指不可以偏概全。西班牙人也说Una golondrina no hace verano，这都是认为燕子带来夏天。法国人和意大利人却说："一只燕子还不算春天。"法文是Une hirondelle ne fait pas le printemps；意文是Una rondine non fa primavera。这想法倒跟咱们中国人相同。奇怪的是，西班牙和意大利的纬度相等，为什么燕归来的时节不同？

西文的蛮不讲理，以花为例，可见一斑。西班牙文与意大利文同样源出拉丁文，可谓同根异叶，许多字眼的拼法完全一致，或者近似。然而"花"在西班牙文里（la flor）是阴性，在意大利文里（il fiore）却是阳性。在西班牙文里，同样是花，玫瑰（la rosa）是阴，康乃馨（el clavel）却是阳。中国人会说，既然都是娇滴滴的花，为什么不索性一律派作阴性？其实，这阴阳之分不过取决于字面：玫瑰以a结尾，故阴，康乃馨以l作结，故阳。春天是primavera，故阴；夏秋冬（verano，otono，invierno）都是以o作结，故阳。如此而已。问题是，当初为什么不叫春天primavero，不叫康乃馨clavela呢？中国哲学最强调阴阳之分，本来也可能掉进这糊涂的"性关系"里去。幸好太极图分阴阳，中间是一条柔美的曲线，阴中有阳，阳中有阴，而阴阳相抱，不是一条决绝的直线。中文的方块字不分阴阳，对我们那些严内外之防的祖宗，也没有造成什么不便。当初只要"仓颉博士"一念之差，凡字都要一分雌雄，我们就惨了。也许一天到晚，都得像西方人那样，奔命于公鸡母狗之间。

英国人比较聪明，不在字面上计较雌雄，但是在代名词里，潜意识就泄漏出来了。所以上帝和魔鬼都派男人去做，不是he便是him；国家和轮船就充满母性，成为she或者her；而不解人道的小朋友则贬为it，与无生物同其混沌。

西文里面还有一层麻烦，就是名词的数量（number）。文法规定动词的数量要向其主词看齐，但是有许多场合却令一般作者举棋不定。单数主词与述词中的复数名词之间，如果是用连系动词，一般作者就会莫知所从，有时竟喧宾夺主，写出 The only thing that made it real were the dead

Legionnaires 一类的句子来。用 all 和 what 做主词，也会因为述词里的名词是复数而误用动词的数量，例如：What Jane is clutching to her bosom are four kittens。此外，one of the few writers in the country who has made a living being funny 之类的错误，也常有人犯。None 做主词的时候，该用单数或复数动词，也迄无定论；中间如果再夹上 or，就更要命。巴仁（雅克·巴尔赞，Jacques Barzun）就指出下列的句子 "None, or at least very few, was used before the war." 是错误的，因为 was 应改成 were。这件事，在大诗人之间都不一致，例如朱艾敦（德莱顿）的名句 none but the brave deserves the fair（唯勇士可配美人），用的是单数；但是惠特曼的句子 have found that none of these finally satisfy, or permanently wear，用的却是复数。最惑人的便是像剪刀（scissors）、风箱（bellows）、眼镜（glasses）等物，明明是一件东西，却必须用复数动词。所以不能说 "Where is my glasses？"。

中文的名词和动词完全不理会什么单数复数，来去毫无牵挂。中文说"墨西哥的建筑物很有趣"，完全不标数量。英文说 Mexican buildings are very interesting。西班牙文却要说 Los edificios mexicanos son muy interesantes。英文里只有两个字表示复数；西班牙文里却要用五个字，连冠词和形容词都得跟着变。在中国人看来，这真是自讨苦吃。

比起来，还是中国文化看得开些——阴阳不分，古今同在，众寡通融，真是了无绊碍。文法这么简便，省下来的时间拿来做什么呢？拿来嘛——西方人做梦也想不到——拿来推敲平仄，对对子了，哈哈！

一九八四年十一月

山

缘

　　外地的朋友初来香港，都以为这地方不过是一大叠摩天楼挤在一起，一边是海港，另一边呢，大概就是内地了。这印象大概来自旺角、尖沙咀、中环的闹市。除此之外，他们大半不知道还有个腹地深广而且仍具田园风味的新界，更别提那许多各有洞天的离岛。

　　香港的面积约为新加坡的两倍，却因地形复杂，海岸弯曲，显得比新加坡大出好几倍来。香港街上人多，是有名的。你走在旺角的街头，似乎五百万人全在你肘边。不过香港也多山，多岛，多半岛。推开香港的窗子，十扇里面至少有七扇是对着海。不是对着同一片海，是对着大小不一色调各殊的水域，有的是文静的内湾如湖，有的是浩渺的外海无际，有的是两岸相望的海峡。地形如此分割，隔出了无数的小千世界。我有好些开车的朋友，住在九龙的不敢贸然驶去港岛，住在港岛的呢，轻易也不愿开过海来。我住在沙田，离尖沙咀的繁华焦点不过十二英里，中间不过十二盏红灯。可是说来你也不信，航空信到我的信箱里，要比城里晚上一天，甚或两天。尽管世界正变成地球村，沙田却比尖沙咀慢了一日。谁教沙田的风景那么好呢，美，不免要靠距离。迟一天收信有什么关系，世界可以等一等。

一位朋友初从台湾来，站在我的阳台上看海，神情略带紧张地指着对岸的一列青山说："那就是大陆吗?"我笑起来，说"不是的。在这里，凡你所见的山和水，全是香港。你看对面，有好几个峰头肩膀连在一起，那是八仙岭。翻过脊去，背后是麻雀岭。再过去，才是宝安县（今深圳）界。香港，比你想象的要大很多。"

之　二

我这一生，有三次山缘。中学时代在四川的乡下，四面都是青山，门对着日夜南去的嘉陵江，夜深山静，就听到坡下的江声隐隐，从谷口一路传来。后来去美国的丹佛教书，在落矶排空的山影里过了两年。在丹佛，如果你朝西走，每一条街的尽头都是山影，不是一峰独兀，而是群山竞起。如果你朝西开车，就得把天空留在外面，因为几个转弯之后，你就陷入怪石的重围里去了。落矶山地高亢而干燥，那一丛丛一簇簇鸟飞不上的绝峰，没有飘云可玩，只有积雪可戴。那许多高洁的雪峰，夐列天外，静绝人间，那一组不可相信却又不许惊呼的奇迹，就那么日夜供在天地之间，任我骇观了两年。

　　第三次山缘，在沙田。整个新界只是大陆母体生出来的一个半岛，而自身又生出许多小半岛来，探入浩阔的中国南海。海也是一样，伸进半岛之间成了内湾，再伸进更小的半岛之间成为小港。就这样，山与水互为虚实，绸缪得不可分解。山用半岛来抱海，海用港湾来拥山：海岸线，正是缠绵的曲线，而愈是曲折，这拥抱就愈见缠绵。我面前这一泓虚澄澄的吐露港上，倒映着参差交叠的侧峰横岭。浅青淡紫的脊线起起伏伏，自围成一个天地。这十年悠永的山缘，因水态而变化多姿。山的坚毅如果没有水的灵活来对照，那气象便单调而逊色了。丹佛的山缘可惜缺水。四川的山缘回响着水声，增添了袅袅的情韵。沙田的山缘里水韵更长。这里原是水蓝的世界，从水上看来，无论多磅礴多严重的山势都浮泛在空碧的波上，石根磐柢所托，不过是一汪透明。山为水而开颜，水为风而改态，风景便活泼起来了。其间再飞回几只鸥，就算是水的灵魂。

　　文静如湖的吐露港，风软波柔，一片潋滟的蓝光，与其说是海的女儿，不如看作湖的表妹。港上的岛屿、半岛、长堤、渡轮，都像是她的佩饰，入夜后，更亮起渔火与曳长如链的橘色雾灯。这样明艳惹眼的水美人，朝暮供奉之不足，我岂敢私有？不过堤内的船湾淡水湖，千顷的纯碧放得下整个九龙半岛，水面谧无帆樯，似乎鸥鹭都不敢狎近，在我私心深处倒有点视为禁区，不希望别人鲁莽闯入。幸好她远在边陲，美名尚未远播，所以还没有怎么招引游人。台湾的朋友来港，只要天色晴美，我总是带去惊艳一番。一上了那六千英尺的长堤，外面的海色尚未饫足，一回头更讶异这里面的湖光，竟然另辟出一个清明的世界。左顾右盼的朋友，总不免猛然吸一口气，叹道："想不到香港还有这样的景色！"于是一股优越感油然从我的心底升起。谁教他那样低估了香港呢，这猝不及防的一记"美之奇袭"，正是对他的薄惩。

　　惊艳稍定，不容来客多事反省，便匆匆推他上车，绕过雄赳赳的八仙岭，一路盘上坡去。新娘潭、乌蛟腾，也许下车一游，但往往过而不入。到鹿颈，则一定会停下车来，一方面为了在这三家村的小野店里打一下尖，吃一碗鱼丸米粉；另一方面，因为这里已经是天涯海角，再向前走就没有路了。所以叫作鹿颈，也许就是路尽了吧。

其实鹿颈再向前走并不是没有路，而是只有"单路"了。不是单行道，而是路面忽然变窄，只容一车驶过，可是对面仍然有车驶来，所以每隔三四十丈路面就得拓出一个半月形来，作避车之用。来去的车就这么一路相望而互让，彼此迁就着过路，也有一种默契心照的温情。偶尔也会绝路相对，两车都吃了一惊，总有一方倒车让路，退进半圆的避车处去。这条"绝处逢生的单路"，这头从鹿颈进去，那头接通沙头角公路出来，曲折成趣，竟然也有两公里的光景。可以想见，一路车辆不多，行人更是绝少，当然自成一片洞天，真是天才的妙想。

这条幽道的另一妙处，是一路紧贴着水边，所以一边是山，一边是沙头角海，简直可以说是为了看海而开。可是把我们招来这一带水乡的最大诱因，却是盐灶下对面的鹭洲。这"盐灶下"原是岸边的村名，对面湾中的鹭洲则是一座杂树丛生的小屿，不过一百码宽的光景，是野生禽类的保护区。岛上栖满了白鹭，总有七八十只。最好看是近暮时分，一只只飞回岛上，起起落落，栖息未定的样子。那一氅氅高雅的皎白，回翔在树丛青绿的背景上，强调得分外醒眼。这些都是黑腿黄喙的大白鹭，长而优美的颈项弯成天鹅的 S 状，身长大约三十五英寸。有时会成群立在水浅处的石上，一齐迎风对着潮来的方向，远远望去，好像是虚踏在波间。俯首如在玄思，其实是在搜寻游鱼。最妙的绝技是灵迅地掠过水面，才一探喙，便翩翩拍翅飞起，嘴里却多了一尾小鱼，正在惶急地扭挣。

我们最爱在近岛的避车处歇下，面海坐在水边。群鹭看海，我们看鹭。偶然有一只挥动白羽，那样轻逸地滑翔在半空，把白点曳成了白线，顿时，风景也生动了起来。再栖定下来时，山还是山，水还是水。麻雀岭这一边屏住的世界，什么也没有发生，古渡舟横，只有野烧的白烟从从容容地在四围山色里升起。若问那一群涉水的白衣羽客，麻雀岭的背后是怎样的天空，你一定得不到答案。面对这一湾太平的水光和岚气，岁月悠悠，谁相信一山之隔，那一边曾经被"文革"捣得天翻地覆。而这一边，直到今天，矮矮的红树林仍然安静地蹲在岸边，白花花的鸭队仍然群噪着池塘。每次我们都说，鸟族知己的刘克襄如果来此地一巡，必定大乐。

不知有汉，无论魏晋。虽然沙头角在远处撑起了高厦，成为一角缺陷，这一片净土与清水却躲过了文明。泥头车、开土机都绕道而行，没有一头鹭被废气呛得咳嗽。我的朋友说："到了这里，一切都透明了。心里也是沙明水净。"于是我们像孩子一般漂起水花来。这一带，是我私心的一只宝盒，即连对自己也不轻易揭开，怕揭的次数多了，会把梦放掉。有时候也愿意让过境的朋友来一窥，而每次，车从鹿颈进去，都像是在轻启梦的宝盖。

鹿颈之为盒盖，不仅因为单路从这里开始，更因为那几户人家是蜷偎在山脚下，要绕过一座压人面额的绝壁，才会像顿悟一样，猝然发现里面的天地。香港多山，才会有这种峰回路转开阖多变的胜境。山丘占香港陆地的四分之三，但是土层稀薄，土壤不够肥沃，只能养出离离的青草和灌木，因此境内有不少较高的山峰都露出嶙峋的石壁或是荒野的陡坡，仰眺只见一片锈赭或淡紫红色。地质学家说，大约在两亿五千万年前的中生代，这里有剧烈的造山运动，被神力折皱的变质岩与结晶岩里，侵入了花岗岩与火山岩。这也许可以说明，此地的山色为什么会呈赭紫带褐之色；像吐露港隔水的八仙岭，在山腰以上，尤其是到了秋后，就见这种色调。每次驶过山下，一瞥之际，总有重见落矶山颜的幻觉。

之　三

　　境内的几座名山，要论魁伟雄奇，自然比不上落矶山脉那么压地凌天。单论高度，那条山脉仅在科罗拉多一州就有五十四峰拔尖到一万四千英尺以上。香港境内的最高峰在大帽山，也不过九百五十八米，只到落矶的膝下。不过就当地而言，一座山是否显得出众，还要看四周的地势。半岛多如复肢的新界，水近地窄，山势往往无端陡起，不留余地，一下子就劫去了半个天空，令人吃惊。马鞍山北侧的坡势那么峻急，到海边却戛然煞住，真是崖岸自高。狮子山南面而君临九龙，筋骨毕现而顶额突兀的石貌下，大小车辆到此，不由得不偎着狮爪匍匐以进。那气派，看了十年仍觉得慑人。如果沿清水湾道朝东走，更有一尊彪然巨影挡掉一大块天色，探头一看，竟与飞鹅岭打了个照面。那岌岌可危的怪岩一削千尺，秃不可托。难怪上个月一个少年低估了这险巇，在上面只一失足，便掉了性命。

　　这些峻峰虽然各踞一方，桀骜有如藩镇，我却可以敬而远之，唯有近处的一座山，苍青的影子一直罩在我肩上。那是鹿山，正当我楼居的西面，魁梧的轮廓横在半空，我的下午有多短，黄昏有多长，全由它来决定。马鞍山抛起来的旭日，被它接住时已成了夕阳。所谓晚霞，全是夕阳在它的背后烧炼出来的花样。从我的卧室望出去，一整排八扇长窗，山势横行而不绝，展成一幅可以卧游的元人手卷。每逢好天，晴翠的岚气便映得满室苍然。在香港住了十年，山外的世局变幻如棋局，楚河汉界，斜马直车，数不清换了多少场面，甚至连将帅都换过了，唯有这一座青山屏在西边，永远不变。这种无语的默契，可靠的陪伴，介乎天人之间的感应，久已成为我山居心境的基调和背景。无怪李白和辛弃疾都要引脉脉的青山为知己，而陶潜一望，此中的真意便千古悠悠。

十年下来，对面这鹿山也成为我的知己了。尽管山腰剖出了一线之地，让大埔道上碌碌的车队追逐而过，那只是青山的过客罢了，等到车过尘定，仍然留下我独对青山。最妙的是山之西南有一条瀑布，或者该说是半条瀑布。并不是峰回岭转遮去了一半，而是晴天有悬崖而无水，雨天才水到瀑成，远远望去，倒曳着一注闪闪的白光。如果是小雨，她还不肯露面呢。最动人是在雨季，山中一夜豪雨，第二天早上她就翩然出山来了。体态的纤弱与丰盈，要看雨势的大小。如果是大雨连日，就算是已经放晴了两天，她仍然袅袅不断。我为她取的小名是"雨娃"。

之　四

新界半岛之分歧，港湾之杂错，多在东部。半岛多的地方，港湾也不会少，海岸线自然曲折可观。这许多半岛往往是伸出海去的蟠蜿山势；走在险窄而回转的山脊上，可以看见两面的海水，各蓝各的，令人不知该左顾而笑，还是右眄而惊。如果山势入海而复出，成为青岛和翠屿，跟岬角互相呼应，海景就更可观了。从马鞍山到飞鹅岭，新界东岸的迤逦山势，旁歧斜出，东走而成辐射的西贡半岛，南走而成狭长的余脉，一峰孤拔，就像石涛捏造的那样，正是钓鱼翁山。飞机从台湾东来，尚未回旋下降，总是先看到这许多络绎入海的青山、青岛，错综而参差，列成最壮观最气派的仪队，争来水镜上迎接。黄庭坚从岳阳楼上远望君山，说"可惜不当湖水面，银山堆里看青山"。不论古人如何爱山成癖，总无缘从机舱的高度作快速的鹰巡。古人行旅困难，所以民谣埋怨说"朝发黄牛，暮宿黄牛，三朝三暮，黄牛如故"。西贡半岛外错落成阵的列屿，青鬟翠髻，在虚空与幻水之间，忽焉而现，忽焉而隐，不过是片刻间指顾的事。我说那是最壮观的仪队，因为我检阅过多少次了。从屈灵均到李太白，所有的游仙诗都是真的。

西贡半岛的东南端，山势如环，围成了一个水库，叫万宜淡水湖，从最远的西北角算起，全长也有五公里半，只比船湾淡水湖略小一些。湖岸迂回转折，胜于船湾，湖中还有一座小岛，孤零零地耸着青峰，叫水径顶，看上去，景色又比船湾多变。四围山势起伏，虽然都只是二三百米的小丘，但坡度峻斜，从开阔的水面平白崛起，也就教人瞩目。从九龙东北行，车到北潭涌，就不准通行了，停下车来，走上坡去，喘息渐剧之余，正觉得山路永无止境，忽然瞥见坡顶一盖小亭招人歇脚。到了亭下，风景大变。两边的山壁剖处，一泓幽秘的碧水向外面的世界展开，那明净的蓝光，纯洁得像从未照过生人的影子。可以想见，还有更空旷更开阔的豪蓝波域藏在绝壁的背后，魔盒，只露出一条蓝缝而已。我们沿着石壁一路寻去，魔盒终于大开，纵深的湖景尽在脚下。那盈盈艳异的水光，一瞬之间似乎有所启示，正要宣之于口，咦，怎么已忘言了。缘着水湄，麦理浩径曲折向南，晴脆的冬阳下，大家挥着折来的芦苇，拂弄那一湖娴静的水色。过了元五坟，地面渐窄，我们像是走在龙背上。忽然路势一转，右面顿觉天地洞开，外面流着一弯蓝河，色调更深于里面的湖波，对岸是山，山外是水，不知究竟是谁围着谁。定神再看，才发现那弯河水竟通向更外面的水域，原来是海。所谓河，原来是峡

湾。四望只见山海相缪，黛绿套着邃青，最大的谜啊静寂
无声，那里面的含意超乎人意。那一片真实的幻景，令我
迷惑了好几天。

　　沿清水湾道东南驰，另是一弯半岛，窄处只有半公里
的样子，细巧得像银匙之柄。车行又快，两边的蓝水一样
诱人，不知道该看哪一边好。路随山转，终于到了大坑墩，
正对着海。夕照里，只见一列青紫氤氲的石矶，在几百码
外与海岸平行地排开，最能逗人梦想。更远处，在海天难
分难解的边缘，横曳着一带幻蒙蒙的霭气，那样虚渺，那
样地捉摸不定，所谓天涯，就是那样子吗？怪不得凡是望
海的眼睛，都茫茫然了。有一首歌说："晴朗的日子看得见
永恒。"想得倒是很美。其实我们所望得见的，即使来到这
路的尽头，岸的尖角，也无非全是美丽的谜，再猜也猜不
透谜底。水平线，如果真有那么一条线的话，就算是永恒
了吗？怪不得我们再也捉不到了。要真捉住，就捉住造化
的破绽了吧。

　　收回眺海的目光，向南窥望，只见无数峰头在耸肩探
首，纷纭杂沓的山势，一层层深浅交加的翠微，分也分不
清谁主谁客，只像几十匹黛鬣青毛的庞然海兽，或潜或起，
或泅或渡，不知道究竟要成群泳去何处。培根说："没有一
种精妙的美不带点奇异。"但是此地的美却带点骇异，令人

蠢蠢地感到不安。

背后有一盘沙土镇石的近丘，肩往北面的天色。山腰有路，蜿蜒着一痕白丝，像有意接我们上去。"上头来看看吧，别尽在下头乱猜"，山风隐隐在说。锡华和我心动了。一前一后，我们向乱石和<u>丛荆</u>里去寻找那曲径的索头，把它当缒带一样攀上山去。地心引力却一路追来，不肯放手，那劲道愈来愈沉。心脏的悸动猛捶着胸口，捶响野蛮的耳鼓，血，也喧噪着汹涌着起来助阵。锡华说："不能停，对心脏不好。"两人奋勇高攀，像古代的战士在攻城时抢登云梯。忽然，下面的人声顿歇。扯后腿的那怪手也放弃了。

百仞下，无声的人群密密麻麻地爬满了一地，有的蠕向海边，有的进出红亭，把那扁圆的土台缀成了一块芝麻小饼。天风突然自背后吹来，带着清醒的海气，汗，一下子就干了。四下里更无遮拦，任凉飙长驱而来，呼啸而去。我们已经登临绝顶。

"这才有成就感。"锡华一掠乱发，得意地笑道。

话没说完，两人一齐回过头去。顿时，都怔住了，震住了，镇住了。满满一海的层浪，千褶万皱，渐递渐远，正摇撼近岸的洲渚矶石和错落海中的大岛小屿，此起彼落，激起了碎白的沫涡。更远处，对岸又掀起无数的青山夹赭山，横岭侧峰，龙脉起伏，或瘦脊割天，或峻坡泻地；这浮在水上，摊在天下的山族石谱，真不是一览可尽。一路攀上这丘顶来，我们当然知道山外有山，水外有水，却不防这一面的世界竟会展开这样的宏观，令人一口气呛住了，吸不进去。这壮丽的景象，太阔大太远了。层浪无声，群山阒然，在这样的距离之下，所有的实景都带点虚幻。这是冥冥的哑剧吗，还是长达百里的启示录呢？不留心看时，就错过了。当启示太大，总是没有人看见。令人震慑的大寂静里，只有长发披天的海风呼啸路过。远处，只剩下了一只船。

之　五

香港的山脉，西起屯门的青山，东至西贡半岛的南蛇头，郁郁苍苍，绵亘六七十公里。要为山神理出井然有序的族谱来，可不容易。如果我是秃鹰或麻鹫，振翅三天，也许可以巡睥个明白。但是从地面看来，无论你怎么仰面延颈，决眦荡胸，总难看出个究竟。那许多叠肩接踵交腹错背的山岭，不能为你排成整整齐齐的行列，让你对着地图来点名。山，是世界上最雄奇最有分量的雕塑，每一座都屹立在天地之间，不会为你的方便而转体。这伟大的立体啊要面面观，就得绕着它打转。为了饱览对海的马鞍山，我曾绕了一个大圈子，从沙田穿狮子山洞，过黄大仙、牛池湾、西贡，一直到企岭下海，等于站在马鞍山的脚趾上仰瞻那双脊陡起的傲峰。那是冬天的半下午，可是那一面背着斜照，只见到黑压压的一大片背影，体魄魁梧得凌人。如果你有被虐狂，倒真是过瘾。归途是一个反向的大 U 转。回到沙田，右侧仰看那争高的双峰，仍在天际相持不下，但这一面朝西，正对着落日，还是将暮未暮的光景。也只有马鞍山这么锋芒毕露，才能划然割出了阴阳。

看山还有一层障碍，那便是远山虽高，却蔽于近阜。徐霞客游华山，就说"未入关，百里外即见太华屼出云表；及入关，反为冈陇所蔽"。大帽山号称香港最高，凡九百五十八米，约三千一百四十二英尺，但是近在沙田，反而仰不可见，因为中间隔了好几层近丘。登我楼顶的天台，西向而望，只见连嶂的青弧翠脊交叠于天际，真教人叹一声："可怜无数山"。

为了把新界看个真切，把衮衮众山看出个秩序来，和国彬拣了一个秋晴的日子，去大帽之顶朝山。浅米黄色的桂冠房车似乎也知道秋天是它的季节，在晌午的艳阳里，光彩焕发，奕奕地驰上了大埔公路。一过石冈，坡势渐起，两侧的山色也逼拢过来。在荃锦道上一个仰冲，就转上了左侧的大帽山道，反向东北角上那一堆跟天空过不去的块坌，咻咻然盘旋而进。群峰作壁上观，超然不动声色，倒是桂冠对陡坡很发了几次脾气，一向低沉的喉音变成了暴躁的男中音。终于到了山腰的小平台，停下车来。我拿了地图，国彬和我存分提了饮料与野餐，便朝仰不见顶的主峰进发。

这时我们的托脚之地，海拔已经有七百米，比上不足，比下却绰绰有余。山道蟠蜿向天，引力甸甸向地，不到半小时，这九秋的三人行已经脚酸、气促，渗出了汗来。空气不如预期那么清朗，没有云，却笼着一层薄薄的岚气，否则午后的阳光会更炙人。我把地图转来转去，想把掌上的寸山尺水还原为下界那一片敻辽的人世。那一汪蓝悠悠是什么湾？为什么图上没有那几座岛呢？那一堆乱山背后，白晃晃的排楼又是哪里呢？七嘴八舌地，大家争论着。地图是平面的，下面的世界却是立体的，向日和背日的地带更平添许多惑人的光影，而且总有一些不相干的土阜石丘和芦苇灌木之类碍在中间。不尽兑现的地图，令人失望。每转一个弯，脚底的世态又变了样，方向也都变了。而地图还是这一张平面，真不晓得，大帽山派这条曲道迂回下山，究竟是来迎接我们，还是来戏弄我们。

"那不是大埔吗？"

"哪里看得见什么大埔呢？你把地图根本拿倒了。我看是九龙。"

"九龙？那么狮子山在哪里呢？"

"那边应该是荃湾才对。你看，烟囱那么多，白腾腾的。"

太阳渐渐斜了，可以推断西南方在那一边。我们终于认定刚才那一丛人烟确是荃湾，而更远处，有桥影横水的地方就是青衣岛。有了这定点，就容易把握全景了。一个半小时之后，我们站在巍巍的大帽顶上，肆无忌惮地仰天俯地，谈古说今，指点着极南的这一片乐土。脚下的人烟或在乱山的缺口，或在丛莽的背后，或被峭壁半遮，我们左顾右盼，指认出红尘密处的维多利亚港和散布在四野的大小卫星城镇。而每次认出了一处，惊喜之余，总讶怪其假山贴水、纤巧可笑的幻影。管你是千门万户、短巷长街，患得患失的熙熙攘攘，都给缩成了可有可无的海市蜃楼。"楚之南，少人而多石。"那是柳宗元的时代。脚下那一片繁华世界不但石多，更且人多，多得要与石争地，与海争地，在天翻地覆的后门口，在亡逋和海难船的末站，在租来的弃土和倒数的时间，率妻子邑人，把绝境辟成了通都。

"人与山相遇，而大功告成。"

布雷克（布莱克）曾经壮乎其言。站在天涯海角的最高峰上，站在香港和日月最近的这顶点，终于和围拱的众山相遇。站在登山的十四弯最后的这一弯上，站在这大看台上如跪在圣坛上，我默默向满是秋色的天地祝祷，凭在场的大小诸峰做证，但愿这一片逍遥的乐土永远幸福，做一切浪子的归宿，而不是惶惶征夫的起站。

　　落日更斜了。这高处既无栏杆可拍，与国彬同来，也不需叹什么"无人会，登临意"。我把摘来的一长杆银花芦苇举起来，向北面的峰岭和渐渐苍茫的颢气，那么悠扬地挥了一挥，算是对古今的英雄豪杰，对登峰造极的一切心灵，都致了敬意。

一九八五年一月三十日

何以解忧？①

人到中年，情感就多波折，乃有"哀乐中年"之说。不过中文常以正反二字合用，来表达反义。例如"恩怨"往往指怨，"是非"往往指非，所以江湖恩怨、官场是非之类，往往是用反面的意思。也因此，所谓哀乐中年恐怕也没有多少乐可言吧。年轻的时候，大概可以躲在家庭的保护伞下，不容易受伤。到了中年，你自己就是那把伞了，八方风雨都躲不掉。然则，何以解忧？

曹操说："唯有杜康。"

---

① 相关天文数据与名称随着研究深入有所变更，此文非研究性文章，遂保留原貌。——编注

　　杜康是周时人，善于造酒。曹操的意思是说，唯有一醉可以忘忧。其实就像他那样提得起放得下的枭雄，一手握着酒杯，仍然要叹"悲从中来，不可断绝"。也可见杜康发明的特效药不怎么有效。范仲淹说："酒入愁肠，化作相思泪。"反而触动柔情，帮起倒忙来了。吾友刘绍铭乃刘伶之后，颇善饮酒，所饮的都是未入刘伶愁肠的什么行者尊尼之类，可是他不像一个无忧的人。朋友都知道，他常常对人诉穷；大家都不明白，为什么赚美金的人要向赚台币的人诉穷。我独排众议，认为刘绍铭是花钱买醉，喝穷了的。世界上，大概没有比酒醒后的空酒瓶更空虚的心情了。浩思曼（豪斯曼）的《惨绿少年》说：

　　　　要解释天道何以作弄人，

　　　　一杯老酒比米尔顿胜任。

米尔顿写了一整部史诗，来解释人类何以失去乐园，但是其效果太迂阔了，反而不如喝酒痛快。陶潜也说："天运苟如此，且进杯中物。"问题是酒醒之后又怎么办。所以浩思曼的少年一醉醒来，发现自己躺在泥里，除了衣物湿尽，世界，还是原来的世界。

　　刘绍铭在一篇小品文里，以酒量来分朋友，把我纳入"滴酒不沾"的一类。其实我的酒量虽浅，而且每饮酡然，可是绝非滴酒不沾，而且无论喝得怎么酡然，从来不会颓然。本来我可以喝一点绍兴，来港之后，因为遍地都是洋酒，不喝，太辜负戴奥耐塞斯（狄俄尼索斯）了，所以把酒坊架上排列得金碧诱人的红酒、白酒、白兰地等，一一尝来。曹操生在今日，总得喝拿破仑才行，不至于坚持"唯有杜康"了吧。朋友之中真正的海量应推戴天，他推己及人，赴宴时常携名酒送给主人。据他说，二百元以下的酒，无可饮者。从他的标准看来，我根本没有喝过酒，只喝过糖水和酸水，亦可见解忧之贵。另一个极端是梁锡华，他的肠胃很娇，连茶都不敢喝，酒更不论。经不起我的百般挑弄，他总算尝了一口匈牙利的"碧叶萝丝"（Pieroth），竟然喜欢。后来受了维梁之诱，又沾染上一种叫"顶冻鸭"（Very Cold Duck）的红酒。

我的酒肠没有什么讲究：中国的花雕加饭和竹叶青，日本的清酒，韩国的法酒，都能陶然。晚饭的时候常饮一杯啤酒，什么牌子都可以，却最喜欢丹麦的嘉士伯和较浓的土波。杨牧以前嗜烈酒，现在约束酒肠，日落之后方进啤酒，至少五樽。所以凡他过处，空啤酒瓶一定排成行列，颇有去思。但是他显然也不是一个无忧之人。不论是杜康还是戴奥耐塞斯，果真能解忧吗？"举杯消愁愁更愁"，还是李白讲得对，而李白，是最有名最资深的酒徒。我虽然常游微醺之境，却总在用餐前后，或就枕之前，很少空肚子喝。楼高风寒之夜，读书到更深，有时饮半盅"可暖雅客"（Cognac），是为祛寒，而不是为解忧。忧与愁，都在心底，所以字典里都归心部。酒落在胃里，只能烧起一片壮烈的幻觉，岂能到心？

就我而言，读诗，不失为解忧的好办法。不是默读，而是读出声来，甚至纵情朗诵。年轻时读外文系，我几乎每天都要朗诵英文诗，少则半小时，多则两三小时。雪莱对诗下的定义是"声调造成的美"（the rhythmical creation of beauty），说法虽与音乐太接近，倒也说明了诗的欣赏不能脱离朗诵。直到现在，有时忧从中来，我仍会朗诵雪莱的"啊世界，啊生命，啊光阴"，竟也有登高临远而向海雨天风划然长啸的气概。诵毕，胸口的压力真似乎减轻不少。

但我更常做的，是曼吟古典诗。忧从中来，五言绝句不足以抗拒。七言较多回荡开阖，效力大些。最尽兴的，是狂吟起伏跌宕的古风如"弃我去者昨日之日不可留"或"人生千里与万里"，当然要神旺气足，不得嗫嚅吞吐，而每到慷慨激昂的高潮，真有一股豪情贯通今古，太过瘾了。不过，能否吟到惊动鬼神的程度，还要看心情是否饱满，气力是否充沛，往往可遇而不可求。尤其一个人独诵，最为忘我。拿来当众表演，反而不能淋漓尽致。去年年底在台北，我演讲"诗的音乐性"，前半场空谈理论，后半场用国语朗诵新诗，用旧腔高吟古诗，用粤语、闽南语、四川方言朗诵李白的《下江陵》，最后以英语诵纳许的《春天》，以西班牙语诵洛尔卡（洛尔迦）的《骑士之歌》与《吉打吟》。我吟的其实不是古诗，而是苏轼的"大江东去"。可惜那天高吟的效果远不如平日独吟时那么浑然忘我，一气呵成，也许因为那种高吟的声调是我最私己的解忧方式吧。

"你什么时候会朗诵西班牙诗的呢？"朋友们忍不住要问我了。二十年前听劳治国神父诵洛尔卡的 *La Guitarra*，神往之至，当时就自修了一点西班牙文，但是不久就放弃了。前年九月，去委内瑞拉开会，我存也吵着要去。我就跟她谈条件，说她如果要去，就得学一点西班牙字，至少得知道要买的东西是几块 bolívares。为了教她，我自己不免加倍努力。在卡拉卡斯（加拉加斯）机场到旅馆的途中，我们认出了山道旁告示牌上大书的 agua，高兴了好半天。新学一种外文，一切从头开始，舌头牙牙学语，心头也就恢复了童真。从那时候起，我已经坚持了将近一年半：读文法，玩字典，背诗，听唱片，看英文与西班牙文对照的小说译本，几乎无日间断。

我为什么要学西班牙文呢？首先，英文已经太普通了，似乎有另习一种"独门武功"的必要。其次，我喜欢西班牙文那种子音单纯元音圆转的声调，而且除了h外，几乎有字母就有声音，不像法文那么狡猾，字尾的子音都噤若寒蝉。第三，我有意翻译艾尔·格瑞科（埃尔·格雷科）的传记，更奢望能用原文来欣赏洛尔卡、奈鲁达（聂鲁达）、达里奥等诗人的妙处。第四，通了西班牙文之后，就可得陇望蜀，进窥意大利文，至于什么葡萄牙文，当然也在觊觎之列，其顺理成章，就像闽南话可以接通客家话一样。

这些虽然都只是美丽的远景，但凭空想想也令人高兴。"一事能狂便少年"，狂，正所以解忧。对我而言，学西班牙文就像学英文的人有了"外遇"：另外这位女人跟家里的那位大不相同，能给人许多惊喜。她说"爸爸们"，其实是指父母，而"兄弟们"却指兄弟姐妹。她每逢要问什么或是叹什么，总要比别人多用一个问号或惊叹号，而且颠来倒去，令人心乱。不过碰上她爱省事的时候，也爽快得可爱：别人说neither...nor，她说ni...ni；别人无中生有，变出些什么do, does, doing, did, done等戏法，她却嫌烦，手一挥，全部都扫开。别人表示否定，只说一声"不"，而且认为双重否定是粗人的话，她却满口的"瓶中没有无花""我没有无钱"。英文的规矩几乎都给她打破了，就像一个人用手走路一样，好不自由自在。英文的禁区原来是另一种语言的通道，真是一大解放。这新获的自由可以解忧。我一路读下去，把中文妈妈和英文太太都抛在背后，把烦恼也抛在背后。无论如何，我牙牙学来的这一点西班牙文，还不够用来自寻烦恼。

而一旦我学通了呢，那我就多一种语文可以翻译，而翻译，也是解忧的良策。译一本好书，等于让原作者的神灵附体，原作者的喜怒哀乐变成了你的喜怒哀乐。"替古人担忧"，总胜过替自己担忧吧。译一本杰作，等于分享一个博大的生命，而如果那是一部长篇巨著，则分享的时间就更长，神灵附体的幻觉当然也更强烈。法朗士曾说好批评家的本领是"神游杰作之间而记其胜"；翻译，也可以说是"神游杰作之间而传其胜"。神游，固然可以忘忧。在克服种种困难之后，终于尽传其胜，更是一大欣悦了。武陵人只能独游桃花源，翻译家却能把刘子骥带进洞天福地。

我译《梵谷传》，是在三十年前，三十多万字的巨著，前后译了十一个月。那是我青年时代遭受重大挫折的一段日子。动手译书之初，我身心俱疲，自觉像一条起锚远征的破船，能不能抵达彼岸，毫无把握。不久，梵谷附灵在我的身上，成了我的"第二自己"（alter ego）。我暂时抛开目前的烦恼，去担梵谷之忧，去陪他下煤矿，割耳朵，住疯人院，自杀。梵谷死了，我的"第二自己"不再附身，但是"第一自己"却解除了烦忧，恢复了宁静。那真是一大自涤，无比净化。

悲哀因分担而减轻，喜悦因共享而加强。如果《梵谷传》能解忧，那么《不可儿戏》更能取乐了。这出戏（原名 *The Importance of Being Earnest*）是王尔德的一小杰作，用他自己的话来形容，"像一个空水泡一样娇嫩"。王尔德写得眉飞色舞，我也译得眉开眼笑，有时更笑出声来，达于书房之外。家人问我笑什么，我如此这般地口译一遍，于是全家都笑了起来。去年六月，杨世彭把此剧的中译搬上香港的戏台，用国语演了五场，粤话演了八场，丰收了满院的笑声。坐在一拨又一拨的笑声里，译者忘了两个月伏案的辛劳。

译者没有作家那样的名气，却有一点胜过作家。那就是，译者的工作固定而现成，不像作家那样要找题材，要构思，要沉吟。我写诗，有时会枯坐苦吟一整个晚上而只得三五断句，害得人带着挫折的情绪掷笔就枕。译书的心情就平稳多了，至少总有一件明确的事情等你去做，而只要按部就班去做，总可以指日完工，不会有一日虚度。以此解忧，要比创作来得可靠。

翻译是神游域外，天文学则更进一步，是神游天外。我当然是天文学的外行，却爱看阿西莫夫等人写的入门书籍和令人遐想欲狂的星象插图。王羲之在《兰亭集序》里有"仰观宇宙之大，俯察品类之盛"的句子，但就今日看来，晋人的宇宙观当然是含糊的。王羲之的这篇名作写于四世纪中叶，当时佛教已传来中国，至晋而盛。佛教以一千个小世界为小千世界，合一千个小千世界为中千世界，再合一千个中千世界为大千世界：所以大千世界里一共是十亿个小世界。据现代天文学家的推断，像太阳这样等级的恒星，单是我们太阳系所属的银河里，就有一千亿之多，已经是大千世界的一百倍了，何况一个太阳系里，除九大行星之外，尚有三十二个卫星，一千五百多个小行星（asteroids）和若干彗星，本身已经是一个小千世界，不只是小世界了。这些所谓小行星大半漂泊于火星与木星之间，最大的一颗叫西瑞司（指谷神星，Ceres），直径四百八十英里，几乎相当于月球的四分之一。

太阳光射到我们眼里，要在太空飞八分钟，但要远达冥王星，则几乎要飞六小时。这当然是指光速。喷射机的时速六百英里，只有光速的一百十一万六千分之一；如果太阳与冥王星之间可通飞机，则要飞六百九十六年才到，可以想见我们这太阳系有多夐辽。可是这比起太阳和其他恒星之间的距离来，又渺乎其微了。太阳和冥王星的距离，以光速言，只要算小时，但和其他恒星之间，就要计年了。最近的恒星叫人马座一号（半人马座阿尔法星，Alpha Centauri），离我们有四点二九光年，也就是二十五兆英里。在这难以体会的浩阔空间里，什么也没有，除了亘古的长夜里那些永恒之谜的簇簇星光。这样的大虚无里，什么戈壁，什么瀚海，都成了渺不足道的笑话。人马座一号不过是太阳族的隔壁邻居，已经可望而不可即，至于宇宙之大，从这头到那头，就算是光，长征最快的选手，也要奔波二百六十亿年。

"仰观宇宙之大"谈何容易。我们这寒门小族的太阳系，离银河的平面虽只四十五光年，但是跟盘盘困困的银河涡心却相距几乎三万光年。譬如看戏，我们不过是边角上的座位，哪里就觑得真切。至于"俯察品类之盛"，也有许多东西悖乎我们这小世界的"天经地义"。一年是三百六十五天，一天是二十四小时吗？木星上的一年却是地球上的十二年，而其一日只等于我们的十小时。水星的一年却只有我们的八十八天。太阳永远从东边起来吗？如果你住在金星上，就会看太阳从西天升起，因为金星的自转是顺着时针方向。

我们常说"天长地久"。地有多久呢？直到十九世纪初年，许多西方的科学家还相信《圣经》之说，即地球只有六千岁。海姆霍慈（亥姆霍兹）首创一千八百万年之说，但今日的天文学家根据岩石的放射性变化，已测知地球的年龄是四十七亿年。天有多长呢？据估计，是八百二十亿年。今人热衷寻根，可是我们世世代代扎根的这个老家，不过是漂泊太空的蕞尔浪子，每秒钟要奔驰十八英里半。而地球所依的太阳，却领着我们向天琴座神秘的一点飞去，速度是每秒十二英里。我们这星系，其实是居无定所的游牧民族。

说到头来，我们这显赫不可仰视的老族长，太阳，在星群之中不过是一个不很起眼的常人。即使在近邻里面，天狼星也比他亮二十五倍，参宿七（Rigel）的亮度却为他的二万五千倍。我们的地球在太阳家里更是一粒不起眼的小丸，在近乎真空的太空里，简直是无处可寻的一点尘灰。然则我们这五尺几寸，一百多磅的欲望与烦恼，又有什么值得大惊小怪呢？问四百六十光年外的参宿七拿破仑是谁，它最多眨一下冷眼，只一眨，便已经从明朝到了现今。

读一点天文书，略窥宇宙之大，转笑此身之小，蝇头蚁足的些微得失，都变得毫无意义。从彗星知己的哈雷

（Edmund Halley，1656—1742）到守望变星（Variable star）的侯慈布伦（赫茨普龙，Ejnar Hertzsprung，1873—1967），很多著名的天文学家都长寿：哈雷享年八十六，侯慈布伦九十四，连饱受压迫的伽利略也有七十八岁。我认为这都要归功于他们的神游星际，放眼太空。

据说太阳也围绕着银河的涡心旋转，每秒一百四十英里，要二亿三千万年才巡回一周。物换星移几度秋，究竟是几度秋呢？天何其长耶地何其久？大宇宙壮丽而宏伟的哑剧并不为我们而上演，我们是这么匆忙这么短视的观众，目光如豆，怎能觑得见那样深远的天机？在那些长命寿星的冷眼里，我们才是不知春秋的蟪蛄。天文学家说，隔了这么远，银河的涡心还能发出这样强大的引力，使太阳这样高速地运行，其质量必须为太阳的九百亿倍。想想看，那是怎样不可思议的神力。我们奉太阳为神，但是太阳自己却要追随着诸天森罗的星斗为银河深处的那一蕊光辉奔驰。那样博大的秩序，里面有一个更高的神旨吗？"九天之际，安放安属？隅隈多有，谁知其数？"两千多年前，屈原已经仰天问过了。仰观宇宙之大，谁能不既惊且疑呢，谁又不既惊且喜呢？一切宗教都把乐园寄在天上，炼狱放在地底。仰望星空，总令人心胸旷达。

不过星空高邈，且不说远如光年之外的蟹状星云了，即使太阳系院子里的近邻也可望而不可攀。金星表面热到四百摄氏度，简直是一座鼎沸的大火焰山，而冥王星又太冷了。不如去较近的"远方"旅行。

旅行的目的不一，有的颇为严肃，是为了增长见闻，恢宏胸襟，简直是教育的延长。台湾各大学例有毕业旅行，游山玩水的意味甚于文化的巡礼，游迹也不可能太远。从前英国的大学生在毕业之后常去南欧，尤其是去意大利"壮游"（grand tour）：出身剑桥的米尔顿、格瑞（格雷）、拜伦莫不如此。拜伦一直旅行到小亚细亚，以当日说来，游踪够远的了。孔子适周，问礼于老子。司马迁二十岁"南游江淮，上会稽，探禹穴，窥九疑，浮于沅湘；北涉汶泗，讲业齐鲁之都，观孔子之遗风……"，也是一程具有文化意义的壮游。苏辙认为司马迁文有奇气，得之于游历，所以他自己也要"求天下奇闻壮观，以知天地之广大。过秦汉之故都，恣观终南嵩华之高，北顾黄河之奔流，慨然想见古之豪杰"。

值得注意的是，苏辙自言对高山的观赏，是"恣观"。恣，正是尽情的意思。中国人面对大自然，确乎尽情尽兴，甚至在贬官远谪之际，仍能像柳宗元那样"自肆于山水间"。徐文长不得志，也"恣情山水，走齐鲁燕赵之地，穷览朔漠"。恣也好，肆也好，都说明游览的尽情。柳宗元初登西山，流连忘返以至昏暮，"心凝形释，与万化冥合"。游兴到了这个地步，也真可以忘忧了。

并不是所有的智者都喜欢旅行。康德曾经畅论地理和人种学，但是终生没有离开过科尼斯堡（哥尼斯堡）。每天下午三点半，他都穿着灰衣，曳着手杖，出门去散步，却不能说是旅行。崇拜他的晚辈叔本华，也每天下午散步两小时，风雨无阻，但是走来走去只在菩提树掩映的街上，这么走了二十七年，也没有走出法兰克福。另一位哲人培根，所持的却是传统贵族的观点，他说："旅行补足少年的教育，增长老年的经验。"

但是许多人旅行只是为了乐趣，为了自由自在，逍遥容与。中国人说"流水不腐"，西方人说"滚石无苔"，都因为一直在动的关系。最浪漫的该是小说家史蒂文森（斯蒂文森）了。他在《驴背行》里宣称："至于我，旅行的目的并不是要去哪里，只是为了前进。我是为旅行而旅行。最要紧的是不要停下来。"在《浪子吟》里他说得更加洒脱："我只要头上有天，脚下有路。"至于旅行的方式，当然不一而足。有良伴同行诚然是一大快事，不过这种人太难求了。就算能找得到，财力和体力也要相当，又要同时有暇，何况路远人疲，日子一久，就算是两个圣人恐怕也难以相忍。倒是尊卑有序的主仆或者师徒一同上路，像

《吉诃德先生》(《堂吉诃德》) 或《西游记》里的关系，比较容易持久。也难怪潘岳要说"群游不久"。西方的作家也主张独游。吉普林认为独游才走得快。杰佛逊 (杰斐逊) 也认为：独游比较有益，因为较多思索。

独游有双重好处。第一是绝无拘束，一切可以按自己的兴趣去做，只要忍受一点寂寞，便换来莫大的自由。当然一切问题也都要自己去解决，正可训练独立自主的精神。独游最大的考验，还在于一个人能不能做自己的伴侣。在废话连篇假话不休的世界里，能偶然免于对话的负担，也不见得不是件好事。一个能思想的人应该乐于和自己为伍。我在美国长途驾驶的日子，浩荡的景物在窗外变幻，繁富的遐想在心中起伏，如此内外交感，虚实相应，从灰晓一直驰到黄昏，只觉应接之不暇，绝少觉得无聊。

独游的另一重好处，是能够深入异乡。群游的人等于把自己和世界隔开，中间隔着的正是自己的游伴。游伴愈多，愈看不清周围的世界。彼此之间至少要维持最起码的礼貌和间歇发作的对话，已经不很清闲了。有一次我和一位作家乘火车南下，作联席之演讲，一路上我们维持着马拉松对话，已经舌敝唇焦。演讲既毕，回到旅舍，免不了又效古人连床夜话，几乎通宵。回程的车上总不能相对无语啊，当然是继续交谈啦，不，继续交锋。到台北时已经元气不继，觉得真可以三缄其口，三年不言，保持黄金一般的沉默。

如果你不幸陷入了一个旅行团，那你和异国的风景或人民之间，就永远阻隔着这么几十个游客，就像穿着雨衣淋浴一般。要体会异乡异国的生活，最好是一个人赤裸裸地全面投入，就像跳水那样。把美景和名胜用导游的巧舌包装得停停当当，送到一群武装着摄影机的游客面前，这不算旅行，只能叫作"罐头观光"（canned sightseeing）。布尔斯丁（布尔斯廷，Daniel J. Boorstin）说得好："以前的旅人（traveler）采取主动，会努力去找人，去冒险，去阅历。现在的游客（tourist）却安于被动，只等着趣事落在他的头上，这种人只要观光。"

古人旅行虽然备尝舟车辛苦，可是山一程又水一程，不但深入民间，也深入自然。就算是骑马，对髀肉当然要苦些，却也看得比较真切。像陆游那样"细雨骑驴入剑门"，比起半靠在飞机的沙发里凌空越过剑门，总有意思得多了。大凡交通方式愈原始，关山行旅的风尘之感就愈强烈，而旅人的成就感也愈高。三十五年前我随母亲从香港迁去台湾，乘的是轮船，风浪里倾侧了两天两夜，才眺见基隆浮在水上。现在飞去台湾，只是进出海关而已，一点风波、风尘的跋涉感都没有，要坐船，也坐不成了。所以我旅行时，只要能乘火车，就不乘飞机。要是能自己驾车，当然更好。阿剌伯的劳伦斯喜欢高挺驰骋电单车，他认为汽车冥顽不灵，只配在风雨里乘坐。有些豪气的青年骑单车远征异国，也不全为省钱，而是为了更深入，更从容，用自己的筋骨去体验世界之大，道路之长。这种青年要是想做我的女婿，我当会优先考虑。

旅人把习惯之茧咬破，飞到外面的世界去，大大小小的烦恼，一股脑儿都留在自己的城里。习惯造成的厌倦感，令人迟钝。一过海关，这种苔藓附身一般的感觉就摆脱了。旅行不但是空间之变，也是时间之变。一上了旅途，日常生活的秩序全都乱了，其实，旅人并没有"日常"生活。也因为如此，我们旅行的时候，常常会忘记今天是星期几，而遗忘时间也就是忘忧。何况不同的国度有不同的时间，你已经不用原来的时间了，怎么还会受制于原来的现实呢？

旅行的前夕，会逐渐预感出发的兴奋，现有的烦恼似乎较易忍受。刚回家的几天，抚弄着带回来的纪念品像抚弄战利品，翻阅着冲洗出来的照片像检阅得意的战绩，血液里似乎还流着旅途的动感。回忆起来，连钱包遭窃或是误掉班机都成了趣事。听人阔谈旅途的趣事，跟听人追述艳遇一样，尽管听的人隔靴搔痒，半信半疑之余，勉力维持礼貌的笑容，可是说的人总是眉飞色舞，再三交代细节，却意犹未尽。所以旅行的前后都受到相当愉快的波动，几乎说得上是精神上的换血，可以解忧。

当然，再长的旅途也会把行人带回家来，靴底黏着远方的尘土。世界上一切的桥，一切的路，无论是多少左转右弯，最后总是回到自己的门口。然则出门旅行，也不过像醉酒一样，解忧的时效终归有限，而宿醒醒来，是同样的惘惘。

写到这里，夜，已经深如古水，不如且斟半杯白兰地浇一下寒肠。然后便去睡吧，一枕如舟，解开了愁乡之缆。

一九八五年三月十日

飞鹅山顶

　　香港的地形千褶百皱，不可收拾。蟠蟠而来的山势，高者如拔，重者如压，瘦者欲削，陡者欲倒，那种目无天地的意气，令人吃惊。这是一个没有地平线的海港。天地之间只有一弯弯不规则的曲线，任何美学都插不了手。那一层套一层的淡紫浅青，起起落落，参参错错，一直交叠到边境。那许多令人迷乱的曲线，怎么得了。山色是千古不解的围局，无论哪一个方向有了缺口，立刻有更多的青山从远处围来，务必不让这翠环中断。

　　我不知道山的轮廓为什么如此动人。也许因为它是天和地的界限，一切瞭望的目光要沿着它逡巡。也许因为山的轮廓正如人的轮廓，能够突出个性。一座山要有个性，必须轮廓突兀，棱角分明，令人过目不忘。海拔倒不一定要多高，最要紧是出类拔萃，迥然超凌周围的地势。险峻的感觉来自相对的高度，不是绝对的海拔。质感也很有关系：石山磊磊当然比土丘碌碌更见性格。如果石颜古怪，绝壁又咄咄逼人，当然就更加可观。要是再有水来衬托，无论是汪洋万顷，澄澈一泓，或是飞瀑一纵，那就更添灵秀之气，在性格之外更见神韵了。

香港的山峰颇有一些具有个性。由于山多地狭，海波环绕，许多山都俯临在水上，隔水望去，更显得顾盼自雄。众尖并傲的八仙岭障在北面，巍峨的壁垒排成了一道边关，本来是不能再雄壮了。但是它高崎在吐露港上，后面是天，前面是水，倒像是虚悬在空明之间。双峰争雄的马鞍山，前峰当海，陡坡上遍体青绿，后峰却不生树木，负气扭颈的峰头下，赤裸的躯体露出暗紫的肤色。十年来我登楼远眺或是驶车绕行，曾经从不同的方向、距离与高度瞻仰过这一对山灵，有时觉得前峰较高，有时又觉得后峰更峻，一直到现在还未定高低。这些山，已成为我目赏心仪的忘年之交，就像蚍蜉攀交大椿一样，也真是高攀了。

近年夫妻两人都爱上了石头。她爱的是最小最精的一种，玉。我爱的是最大最粗的一种，山。她的爱品私藏在身上，我的，只能公开地堆在天地之间，倒也不怕人来掠夺。这些山石无非是米元章、徐霞客传授给我的，我死之后，也将传给后世的石迷山巅。比起来，她玩的石头是贵了一点。

我们赞美风景，爱说江山如画。其实画是静态的，失之于平面。山，是世界上最惊心动魄的超级立体。看山犹如看雕刻，必须面面观赏，才能成岭成峰，否则真是片面的画了，香港的奇峰怪岭，只要可能，我总爱绕行以观，窥探它们变化各殊的法相。看了十年的马鞍山，一直是它朝海的正面，直到最近，我才绕过它的佛身，到企岭下海的岸边，骇然引颈，仰望它项背的傲骨。我站的岸边相当于它的脚后跟，近在头上，它那与天争位的赳赳背影沉重地压下来，欺负着近处好几里的空间，连呼吸都受到了威胁。当时我的幻觉，是怕它忽然回过身来，吓，发现了我。这种意识朦胧的恐惧感，以前隔水看山是不会有的。

其实马鞍山不过七百米海拔，可是它的山脚浸到海中，急性子的陡坡名副其实是拔海直上，一下子就上了天空。另一座脾气不小的怪峰是霸住观塘和九龙城上空的飞鹅山。东行的大小车辆一罩进了山影，都像低头在过矮檐。山顶是看不见的，除非你车顶上开个天窗。每次太太都要警告我："小心开车！不要看山了。"所以我没有一次把怪山看清楚，只能惊鸿一瞥，不是的，是"恐龙一瞥"。

我对那飞鹅山一直很有仰慕之情，设想立在峰顶，该是怎样得意的眼界，可是山高坡峭，只怕是登天无门。终于有一天，在地政署绘制的郊野详图上，发现有一条山道蜿蜒北上，可以绕飞鹅山一周下来，立刻便和我存驾车去探个究竟。

正如地图的说明所示，飞鹅山道又陡又狭，只能让一辆车依反时钟方向单行而上。桂冠房车在最低挡的驱策下，一路腹诽着奋力盘旋前进。一盘盘的山道像绳索，牵动着四面的峰峦像转陀螺。王思任早就说过："从南明入台山，如剥笋根，又如旋螺顶。"山道狭窄而多曲折，前途总是被绝壁挡住，开头我还轻按喇叭示警，不久才发现确无来车。等到人烟渐渐落在下界，上面的群峰就聚拢过来，开它们巨头的高层会议。

忽然，道旁闪出了一方石碑，几个红字近前一看，竟是"孙中山母亲杨太君灵墓"。不由停下车来，翻看地图。原来此地叫作百花林，位在飞鹅山麓之东北。这真是意外之喜。我们立刻依着碑上箭头的方向，沿着芦苇杂生的石径走下坡去。大约一百码下，就瞥见几株疏杉之间露出一角琉璃瓦顶的憩亭。再一转弯，墓就到了。坟地颇宽，约占三十多坪。后面是一道红砖砌成的矮墙，墙头盖着青瓦。墓硕大而隆起，乃水泥所建，正面一方灰青石碑，上面刻着"香邑孙门杨氏太君墓"几个金字。字体浑厚，不知道是否孙中山先生的手迹。墓前水泥铺就的大幅地面，又用矮矮的石栏围护。凭栏向东俯眺，只见山重水复，幽邃的谷地开处，是泊满艇船的白沙湾，更远处该是西贡海面，散布着三五小岛像是牛群在渡水，只略略露出了牛背。

"这风水真是不错，气象非凡。"我叹道。

"怎么比得上中山陵呢？"她说。

"中山陵当然气象博大，却不像此地负山面水。要不是墓里的母亲带大了她的孩子，中国历史上第一个民主共和国由谁来带大呢？单凭这一点，这座坟就不朽了。"

"也真是的，来了香港十年，一直不知道孙中山先生的母亲葬在飞鹅山上。"

"我想许多香港人也不知道。"

"不知道她怎么会葬在香港。"

当天回家之后，我去中文大学的图书馆借了六七本孙中山先生的传记，专找记述杨太夫人的段落，为她描出了这样的轮廓：孙中山先生诞生的那一年，杨太夫人已经三十九岁。十二岁时，母亲带他从澳门乘一艘两千吨的英国小轮船去檀香山，依他的长兄德彰生活。据说杨太夫人当年就自行回国。此后她的行止在孙中山先生许多传记里都没有记载，直到最后才见于罗香林的《国父家世源流考》："杨太夫人于清末随长子德彰寄居香港九龙城东头村二十四号。宣统二年夏卒于旅寓。时国父适在海外，由同盟会员罗延年经纪其丧，葬于新界西贡濠涌百花林。"

宣统二年正是辛亥革命的前一年。杨太夫人病逝于那一年的七月十九日，当时孙中山先生正在新加坡为革命奔走。推算起来，杨太夫人享年八十三岁。孙中山先生之父死时七十六岁，也可称长寿了。但是他一生只得五十九年，可见革命与建国的辛苦。杨太夫人生于道光八年，卒于宣统二年，生卒之日都在阴历六月十三，真是巧合。她死的时候，孩子不在身边，革命也尚未成功。古来的志士烈士但知有国，不知有家。国家之幸，未必是家庭之福。每一个伟人的背后，必定有一个更伟大的女人，也许是妻子，也许是母亲，默默地承受着重大无比的压力。接到夏完淳狱中书的母亲，捧着林觉民诀别信的妻子，她们的那颗心，要承受多么沉重的锤打呢？苏轼的母亲读东汉《范滂传》，慨然叹息。苏轼问她："我要是做范滂，母亲肯吗？"苏母说："你能做范滂，难道我不能做范滂的母亲？"

历史虽然由志士写成，其代价，却由无数的母亲担负。

正是初春，怯怯的鸟声在试探空山的岑寂，回声里有湿湿的野意。我心头思潮起伏。古墓阒然，墓中的灵魂不置可否。几乎忘了，这已经是七十五年，四分之三世纪的古墓了。碑前的石炉里怔怔地插着十几炷残香，三脚架支着的一个花圈倚在墓前。墓的方向朝着东北东，不能说是正对着钟山。小时候，我虽然拾千级石阶上过白巍巍的中山陵，却不记得那坊门是朝南朝北了。

我们沿石径攀回飞鹅山道，重新驱车上坡，向枕田山进发。意外顶礼过古墓，这一带的荒山野道顿然有情起来，连四面的鸟声应答也有了韵味。我把车窗旋下一半，把呼应的鸟声和料峭之中带点薄雾的山气放进车来。盘盘旋旋的山道不断，从绝壁的背后闪出来接应我们，每一次只要差那么一瞬，绝处就没有生路了。山谷郁沉沉地在我右手，一泻千尺地斜向远处的海口，每逢丛莽与野花疏处，就向我敞开它两坡的密树和海口那一片错落的红屋顶。如果山谷是半公开的秘密，只肯半敞给海看，那我从这后面的高处俯瞰，只能算是倒窥牛角尖了。

一整座空山把初春托得高高的。一整盘山道天梯一般架在上面，只为把我们接上去，接上绝顶。终于登上了四面皆荒的大老坳。上飞鹅山，犹如剥开天地间的一只黛青色巨果，一削山脊是一瓣果瓤。可是剥到大老坳，却剥开了一脊又一脊沙土的荒山像干了的瓤瓣，骤眼望去，苍凉得天荒地老。要是沿着脊椎上那一痕白灰灰的线径走过去，怕就会走到一切故事的尽头。

山道到此，忽然向南一个逆转，攀向更高处。我们在顶点的平地上停了下来。一落数百英尺的坡下，起伏参差的是一簇簇矮丘的峰头，再下去，忽隐忽现在蜿蜒坡路的尽头，隔着清明将至的薄雾和一层，唉，不是红尘，是灰尘的淡烟，却见恍若蜃楼而白得不很纯洁的街市，似乎有车辆在移动。那该是牛头角和观塘了。更远更幻的是隐隐约约启德机场的跑道，有急骤而跋扈的呼啸在震撼附近的空间。再过去，越过一片灰蓝色的水面，那么不真实地虚浮着的排楼，重重叠叠，远得分不出窗子来的，莫非，就是香港吗？怔怔望了半天，忽然她说：

"你看那边的悬崖上，好像是一座看台。"

"对，好像是的，像一只燕窝。去看看。"

"小心一点，两个月前，就有个青年从飞鹅山上掉了下去。"

终于走到了崖边。那是一座小瞭望台，四周围着栏杆，栖在崖边上，有一种冒险的刺激。阴湿湿挟着雾气的海风迎面扑来，把我们的乱发吹成，什么呢，狼狈的翅膀？我们完全暴露在旷阔的空间，一任希望和回忆都飞扬在风里。站在这千山的焦点，像骑在青龙背上，龙脉左蟠右蜿，一股莽莽苍苍，是探向东北的西贡半岛，另一股是鳞爪欲动的清水半岛，攫向东南。其间攀龙附蛟，助长声势，不知道呼应着多少矶岬与岛屿，只见弯弯的一痕白线牵动着，唉，多少远浪。

一回头北方又是重山复水，另一个天地。高傲不驯的马鞍山，双峰只露出一个头顶，变成了单峰驼了。八仙岭的连峰却赫然浮出北天，尽管那么远了，青蒙蒙的山色依然横亘得可观，真不愧边境的重藩巨镇。而拱卫在它左前侧的那一道矮驯的平冈，有坡势斜入水中，又有两块巨碑一般的东西，一左一右遥遥对峙的，咦，却有点面善。

"那又是什么地方呢？"她指着那平阜说。

"那是——呃，我看——岂不是中文大学吗？"

"对了，右边是新亚的水塔。左边，是联合。坡边的危楼，哪，灰蒙蒙的，恐怕就是朱立他们的宿舍。"

"这么远，像一个小盆景。"

像一场梦。在没有料到的距离，从不能习惯的角度，猝然一回头，怎么就瞥见朝朝暮暮在其中俯仰哭笑的"家"，瞥见了自己身外的背影？十年的北望与东眄，沉吟与歌啸，沙田的风流真的要云散了吗？跟我们一同上山的四个小女孩，都已经告别了童话，就在这样浩阔的风中，一吹，竟飞散去世界各地了吗？此刻隔山远眺，十年只成了一场梦幻，幻觉已经是化鹤归来。他日隔水回首，我的梦真会化成一只鸥，一夕辛苦，赶七百里的水程吗？辛亥的前一年，我在哪里呢？一九九七年来时，我又在哪里？

　　对着珠江口这一盘盘的青山，一湾湾的碧海，对着这一片南天的福地，我当风默许：无论我曾在何处，会在何处，这片心永远萦回在此地，在此刻踏着的这块土上……正如它永远向东，萦回着一座岛屿，向北，萦回着一片无穷的大地。

　　　　　　　　　　　　　　　　　　一九八五年四月

北
欧
行

飘飘何所似

一九七八年的初夏，我去斯德哥尔摩开会，顺道游历
瑞典、丹麦、德国，乃有半个月的北欧之行。一路上，正
如王勃所说，"萍水相逢，尽是他乡之客"。而其中却有两
片萍，迄今不能去怀。我坐法航班机从香港西翔，并排两
位高卢客，不但喋喋不休，而且面对 defense de fumer 的灯
号依然吞云吐雾，空中少爷两度劝而不止，害得向不吸烟
的我，变成一只咳嗽的仙鹤。曼谷小歇，再冲霄时，两烟
徒不见了，肘边却出现一位新伴，朦胧之间，只意识到是
一个东方人，却也不很在意。直到他用南洋国语向我攀谈，
我才转过脸去，正式打量那新伴。只见他面容瘦削，肤色

暗闷，神态突兀而欠文气。问他的终站，说是巴黎。问在巴黎做什么事，说是做点"小生意"。问他是闽是粤，却自称是柬埔寨人，刚去新加坡探亲回程。

二十小时的长途飞行，和一个纯然的生人摩肩接肘，同餐共卧，肉体不能更近，思想却也不能更远。不久我发现这位巴黎客根本不谙法文，等到他要我用英文向空姐探问时，我更惊讶了。新德里，德黑兰，夜色里显了又隐了，终于熹微下窥，巴黎在望。我的旅伴把盖在身上的法航花毛毯折叠得整整齐齐，棱角坚挺，成精巧的小长方形，然后放进——你道是头顶的衣袋柜吗？不，是他自己的手提箱。然后是"喀喀"清脆的两声，手提箱已经锁上。瞥见我脸上难掩的惊疑，他淡然一笑，从容说道："每次坐法航，总不免留一点纪念品的。"

在戴高乐机场等候去瑞典和芬兰的班机，巴黎在巨幅的玻璃墙外，车声隐隐。正是清晨，偌大一座扁圆形的候机室，透明的静寂里，只有我和一位小小的乘客面面相觑。那是一个白种孩子，灰黄色的头发，脸上微布雀斑，穿一条牛仔裤，身体十分结实，约莫九岁的光景。他坐在我斜对面的长沙发上，脚边倚着一口圆筒形的长帆布袋，手里挽着一个沉甸甸的提包。久等不耐，我们便聊起天来，才发现他也是乘那班法航机到巴黎的。他说他是芬兰人，跟父母住在尼泊尔，是在新德里上的飞机。

"那你的父母呢?"我问。

"在尼泊尔。"

"你就一个人旅行吗?"

"是啊。"

"一个人环球旅行?"我不相信了。

"不是的。是回赫尔辛基去看我祖父。"

"这是你第一次一个人飞吗?"

"不是。这是第三次了。我父亲为联合国做事，很忙很忙，不能陪我。"

"你是芬兰人，又住在尼泊尔，怎么英文说得这么好?"

"我的朋友里有好几个英国小孩。"

"尼泊尔好玩吗?"

"好是好玩，只是很寂寞。"

"为什么?"

"我们的'学校'只有五个人，都是芬兰小孩。尼泊尔小孩玩的是另一类游戏，玩不拢来。"

"喜马拉雅山怎么样?"

"大极了，老是那样堆在天边。就是公路不大好，几乎每个月都翻车。"

"滑雪一定很痛快?"

"也不常滑。还是在芬兰滑雪比较方便。"

"你去过中国西藏吗?"

"没有。不准去的。"说着,他撕开一包口香糖递过来。我欣然拣起一片,谢谢他。我们相对嚼起口香糖来,俨然相识已久。后来他又把他和他妹妹的合照拿给我看。照片里的小女孩满脸傻笑,比他矮半个头。这时,乘客渐多,我们各自提起行李,向柜台走去。

不久我的飞机便纵出了北欧的云上,在北飞瑞典的途中,我有很深的感慨。我最小的女儿季珊,今年已经十三岁了,每次短程出门,当天来回,做母亲的还要再三叮咛,放不下心。我不能想象她怎能只身千里,浩荡长征,像那个芬兰小男孩那样。中国人热爱乡井,安土重迁,由来已久,但男儿志在四方,像宗悫的"愿乘长风破万里浪",却也美名长播,而张骞、班超、玄奘、郑和,不畏长征的勇毅,也昭昭长照史册。我在中文大学的同事,海洋学家曾文阳,为捕南极虾,敢以三百吨的一艘小渔船,去闯南极海的狂风怒浪和诡诈难防的满海浮冰,把中国人意志的边疆一直推到南溟之更南,真不愧是今之宗悫。一株树,植根当然求其深入,但抽条发叶却求其广布,否则一切守在根旁,只成其为一丛矮灌木了。这么想着,机翼斜处,平坦的瑞典海岸已蜿蜒在云下了。

瑞　典

斯德哥尔摩地当马拉润湖（梅拉伦湖）东接波罗的海的水道，全由半岛和岛屿组成，所以卧波的长桥特多。外乡人问路，回答总是"过桥转弯便到"，似乎简单得很。一到水边，外乡人又愣住了。到处是桥，究竟是哪一座呢？老城全在湖中的岛上，新城则向北岸发展。我的旅馆在北岸新城，每天和邦媛总要步行二十分钟，才到老城的国会旧厦，平均每天至少过桥四次，桥影波光，算是餍足了。由于地形相似，斯德哥尔摩久有"北方威尼斯"之美名。我没有去过威尼斯，但是拿此城和英国大画家窦纳（透纳）笔下的威尼斯相比，总觉得缺少那一份水光潋滟白石相映的浪漫情调。毕竟是北陲的古城，冬长夏短，兼以楼塔之属多用红中带褐的砖块砌成，隔着烟水望去，只见灰蒙蒙阴沉沉的一片，低低压在波上。那波涛，也是蓝少黑多，殊欠浮光耀金之姿。为什么水是黑的？在渡轮上也问过几位瑞典作家，总得不到满意的答复。桥虽多而不美，都是现代平铺直叙的工程，有渡水之功，却少凌波之趣，比起威尼斯来，更是逊色了。斯德哥尔摩就是这样，给我这七日之客的印象，既不雄伟，也不秀丽。

话说回来，斯城也自有佳胜之处，不容鲁莽抹杀。屋宇严整，街道宽阔而清洁，没有垃圾，也绝无刺眼的贫民窟——这是北欧国家共有的优点。公共汽车的班次多，设备好，交通秩序井井有条。商店招牌的文字一律平平整整，一目了然，入夜更无缤纷的霓虹灯挤眉弄眼，因此交通灯号也鲜明易识。后来才发现，丹麦和德国也是一样。条顿民族的秩序化与洁癖，应该是开发国家的楷模，但有时也显得单调一点，不像拉丁民族那样放浪形骸而自得其乐。在斯德哥尔摩，即使漫步于最热闹最繁华的查特宁大道，也见不到纽约或芝加哥那种摩肩接踵人潮汹涌的紧张气氛。街上很少见到儿童，也是罕有的现象。瑞典政府奖励生育，家庭每添一个孩子便津贴两万元克朗，饶是如此，女人仍然不愿多生。据说瑞典的所得税高达百分之四十三，为了减轻税率，瑞典人对于结婚也不踊跃。

斯德哥尔摩位于北纬五十九度附近，是我游踪所及最高纬的城市。我到那里，正是五月下旬，夏季刚开始，街树幼叶疏枝，才透出两三分的绿意。不知真正盛夏之际是否满城青翠，望中只见稀林错落，夏，来得又迟又缓。地近北极圈，快要六月了，早晚的气温变化仍大，中午只要一件薄毛衣，入夜海风拂来，甚至要披大衣。无论如何，北地的金阳亲人肌肤，温而不燠，站在阴里，仍是有些凉飕飕的。黄昏来得很迟，暮色伺人，却不肯就围拢来，一直逡巡到十点多钟,天才真暗下来。迟睡的外乡人寝甫安枕,没有翻几次身,咦,怎么曙色已经窥窗?一看几上的腕表,才凌晨三点半钟,只好起来拉上窗帷,继续寻梦。

斯城既是湖港,游水乡泽国,最好是在船上。斜阳里,我们在红砖碧瓦塔楼耀金的市政厅后,上了一条湖艇。"仙侣同舟晚更移",船首朝西,驶入渐幻的暮色里去。北欧的薄暮比南方漫长,渐觉桥稀岛密,马达声惊起三三五五白色的水禽,纷然拍翅,绕着渚清沙白的小石洲飞回。洲上杂树丛生,石态古拙,仿佛倪瓒笔意,隔水望去,却有盆景小巧之趣。众人倚舷笑语,一位瑞典诗人唱起歌来,歌罢,说是他写的词,并加英译。兰熙兴发,唱《梅花》的配曲为报,众人争问词意,不免又要翻译,赢来波上的一片掌声。

终于到了查特宁岛的故宫(德罗特宁霍尔姆宫,也叫王后岛宫)。大家纷纷上岸,沿着碎石堤路,一面检阅大理石像,一面走向绿顶黄壁的十七世纪古宫阙。宫在城西十英里,是三百年前皇太后下诏所建,格式悉照法国,有"瑞典凡尔赛宫"的雅号,当然也不免夸张。宫中可看之处很多,还有中国亭台。我们一行人专诚来此地,却是为了向一座十八世纪的剧场一夕怀古。剧场约建于一七六四年,继承的是法国路易十四时代的遗风,场内装饰诸如吊灯、

雕刻、帷幔之属都有洛可可的格调。众人鱼贯而入,大吊
灯下,银丝假发古典宫妆的美人为我们带座,恍如置身布
尔邦的王朝(波旁王朝)。两百年来,场内一切陈设依旧,
据说是全欧仍在演戏的最古剧场。我们在厚实的长木椅上
坐定,怀古的小音乐会便开始了。

先有剧场的司仪,一位美慧动人的中年妇人,为我们
叙述剧场的历史。接着是竖琴与横笛的一段奏鸣曲,清流
淙淙,客心如洗。之后尽是古歌,多半用竖琴伴奏。女声
独唱是十八世纪法国的村谣,男声独唱是意大利古调,男
女二部合唱则为普赛尔(Henry Purcell)的《吹铜号》和
莫札特(莫扎特)的《费嘉洛的婚礼》(《费加罗的婚
礼》)。莫札特的歌剧是压轴戏,浪漫的爱情,古典的韵
味,琴音歌叹里,令现代红尘的逋客侧耳低回,畏寻归路。
查特宁岛古剧场的舞台是有名的。莫札特歌剧的布景,从
翠柯交错的林间到柱高帷密的宫廷,层层的布景板一开一
阖,转瞬已改了一个世界。十八世纪竟已有此等机巧,令
人赞佩。当晚回到现代的斯城,已近子夜,繁星下,街边
一盆盆艳红的郁金香,似乎都睡着了。

我在瑞典的京城住了一个星期,气候由凉转暖,白昼
愈长,倒也惯了。笔会闭幕,众人意兴阑珊。兰熙伉俪西
去挪威,邦媛和彭歌南下巴黎,换机回国,我则独游丹麦。

本来我要直飞哥本哈根，临时又改变主意，认为凭虚御风，缩地固然有术，只是云上的世界，碧落一色，云下的飞机场，也是全世界一样的。于是五月二十七日的清晨，我上了去丹麦的长途火车。

从斯德哥尔摩坐火车到哥本哈根，纵贯瑞典南部的塞德芒兰（南曼兰，Sodermanland）、厄斯特育特兰（东约特兰，Ostergotland）、斯摩兰（斯迈兰，Smaland）、斯柯内（斯科讷，Skane）四省和丹麦的西兰岛（Sjaelland）北部，全长六百多公里，上午八点二十二分开车，下午四点三十六分抵达。我的"珍忆匣"里还保存着那张黄底绿字的火车票，记着票价是三百一十四克朗，约值六十多美元，比起台湾的观光号来，是贵得多了。你也许认为前面的地名译音有误，例如g怎么会念成y呢？实际正是如此。我是一个地图迷，最喜欢眉目清秀线条明晰的地图，每次远行归来，箱里总有一叠新的收集。远远眺见又一座新的城市，正如膝头地图所预言的，在车头渐渐升起，最有按图索骥之趣。当时我坐在车上，正向窗外依次纵览大小城镇，长短站牌，与图中奇异的名字一一印证。出斯城不到百里。图上出现一镇叫Nykoping，我心想"泥雀坪到了"。果然不久，两旁的红砖屋渐密，新站在望，穿藏青制服的彪形服务员拎了一串钥匙穿过走道，一面曼声报出站名："泥雀坪！泥雀坪！”后来发现，其他的大站如Norrkoping和Jonkoping，也各为“闹雀坪”和“养雀坪”。这么一路上为异国的镇市取些不相干的中文名字，也颇自得其乐。话说回来，瑞典文里g是念y的，例如南部海港Helsinborg，当地人发音是“赫尔辛堡瑞”，又如剧作家Strindberg，也念“史特灵贝瑞”。

我坐的头等车厢不大，相当于台湾十五席的面积，头尾两排座位相对，各坐三人，中央再置一几两椅，可坐二人，共为八位，格式家常而亲切。茶几、窗框和门都用木制，釉以浅黄透明的薄漆，十分爽眼。瑞典盛产木材，耕地不到十分之一，林区之广却荫蔽国土之半，宜乎多用木器。那天车厢里只有四个乘客，对面远坐的是一对老年夫妻，味甚乡土，肘边却是一位金发少女，在美人之国不能算美，但是和一般北欧女孩一样，早熟、老练而大方。攀谈之下，发现她的英文说得不坏。她说，瑞典的中学生必修英文，此外还要修读第二甚至第三外文，通常是德文与法文。正说着，服务员来查票，发现她买的是普通票，把她赶了出去。车厢里只剩下那对老夫妻和我。我试用英文向他们攀谈，他们完全不懂。我想开始必修英文，当是二次大战后的一代，因为适才在斯城火车站上向一些中老年乘客问讯，都只换来歉意的微笑，却不得要领。

火车驶过平阔而肥沃的塞德芒兰省的青青原野，麦秧初长，绿油油的一片。草地的色泽鲜丽而匀整，有时绵延好几分钟，青嫩不断，显然细经修护，真是娱目。树木都正抽幼叶，枝条未茂，犹是初春韵味。有时铁轨与公路平行，只见迢遥的柏油路直抵天边，目光所穷，五里七里途中，一辆华福绝尘而去，阒不闻声。站牌在大幅的玻璃窗外成形又掠逝，举着从未见过以后也不会再见的站名，不知该怎么发音。汽笛呜呜然进站又出站，数百里不见湫隘的陋巷，暗沉的贫民窟。时或驶过人家的后院，高高的枫树栗树荫下，露出一角红瓦，半堵黄墙，衬着白漆的窗棂，分外鲜洁。低矮的白栅内，浅黄深红的郁金香开得正妩媚。

过了"林雀坪"（Linkoping），火车慢了下来，原来地势渐高，进入厄斯特育特兰省的丘陵地带。瑞典地大，约为台湾之十二倍，境内多湖，湖泊的总面积大于台湾全省。一路上，也不知经过多少桥，多少长湖与小泊，真个是满地江湖，好像瑞典的天空是一位千镜鉴影的碧睛美人，自顾不倦。最长的维汀湖（韦特恩湖）在右手边展开，像从乱山丛里徐徐抽出一柄弯刀，越抽越长，无波的碧水上，白鸟悠悠飞渡，两三汽艇在耕琉璃的青田。饶是如此，瑞典的山却不高，最高峰也不过近七千英尺，只到台湾新高峰的腰部。

　　瑞典南部的山地缓缓起伏，海拔不过七八百英尺，但毕竟是寒带了，两侧的山坡尽是尖瘦矗立的杉柏针枞，纵使无风的晴日像今天，也翳着一股森森的寒意。有时穿过一片赤杨林子，霜剥雨蚀的修直树干上，裂开一块块银灰色的老皮，脆边微卷，衬着树身的黑底，那种刀法遒劲的斑驳之美，真教木刻画家惊羡绝望。何况不是一株独立，是千干并矗，火车一掠而过，此现彼隐，相互掩映成趣。有时林开一面，天光透处，瞥见青草坡上，牧放着白底黑斑的牛群，正把一首古老的牧歌，细细咀嚼。

　　终于六节车厢的火车迤迤下山，再度疾驶于平野之上。这是斯堪地那维亚（斯堪的纳维亚）半岛的南端，海峡，不久就到了。渐行渐南渐温暖，草木渐茂，郊原的色调渐浓。正蒙眬微困之间，忽然一片金光排窗而来，耀亮车厢的天花板。起身一看，拍眼欲盲，满田密密麻麻的黄花，一亩一亩地遍地泻来，从天边直泻到轨旁，那样毫无保留的鲜黄艳黄，迎面泻来，又忽忽滚去。终于断了，把沃野又还给绿色，眼花未定，那黄花田再度扑来，远了一些，没有那么激动，就像一幅幅黄地毡平平曳过。

　　"是苜蓿吗还是菜花?"我满心惊喜又惊疑，眼花缭乱之中，想起了四川的菜花田。但四川的梯田小而割裂，哪像眼前的平畴一气呵成，浑融不尽? 又想起元气淋漓最善用黄的梵谷，给他见到，一定惊艳发狂，正如中暑中酒一般中起黄来。从梵谷又想到自己新译的《梵谷传》，在茫茫母球的对面，那久稔又阔别了的海城里，该已出版了吧？而只要一切鲜黄的生命不死，阳光、麦田、灯晕、向日葵，梵谷的魂魄就长在，唱一首黄炎炎的颂歌。后来一位匈牙利女作家告诉我，瑞典田里的黄花是芥菜花。

峨瑞升德海峡到了，火车进了赫尔辛堡。正在纳罕，偌长一大串火车该如何过海，它却在港口的调车轨上，空隆隆几番进退，把要去丹麦的乘客所坐的三节车厢，推上了过海的渡轮，其他几节则留在岸上。半小时后，过了海峡，和对岸的火车挂上了钩，全无入境手续，就这么沿着初夏的海峡，铿铿然驶向哥本哈根去了。

哥本哈根

哥本哈根是我最喜欢的欧洲古城，我喜欢它的小巧精致，斑斓多姿。火车进城的时候，艳阳方斜，有一种暮春初夏的轻软之感弥漫在空中，也许就是所谓的"尘香"吧。不久我就凭栏于旅馆的小小阳台，俯眺这城市的暮色四起。我的旅馆名叫"新港七十一号"（71 Nyhavn Hotel）。这新港是条小运河，一头通向外港，复汇于海峡，两边楼屋对峙，也就叫新港路，是哥本哈根有名的怀古区，以码头情调见称。丹麦人自己说："不见新港，不识哥本哈根。"此城建于八百年前，十七世纪中叶被瑞典围攻两年（一六五八至一六六〇年），城堡不坚，几乎陷敌，全赖丹麦人英勇死守，得免于难。事后丹麦人深其壕沟，厚其壁垒，护城工事大加扩充。想起刚才逍遥渡海，长驱入城，连护照也无人索阅的太平边界，我倚栏笑了，又放心叹一口气。又过了两百年，到了十九世纪中叶，哥本哈根城大人多，复值四境清平，需要多通外界，于是壁垒拆除，坚城开放，一道接一道壮丽的长桥凌波而起，伸向运河的对岸。于今断垣旧壁，仍在城中公园一带，掩映可见。

城古如此，所谓新港，也已不新了。脚下这条运河建于一六七三年，北岸的街屋大半建于十七世纪末年，南岸的较晚，也已是两百岁的古屋了。我的旅店在运河北岸，年代较晚，却也有一百七十多年的历史，回顾阳台的玻璃门里，粗灰泥墙上映着斜晖，露出纹理历历的波米瑞亚松木横梁，别有一种朴拙的风味。据说当初这排街屋，大半是为水边商家，旅店东主，巡夜更夫而造。如今已成为水手窝了。水陆世界在这里交汇，从我的阳台望下去，河面波光闪闪，翻动着夕照的金辉，乳白色渡船的侧像，一幢幢古屋摇曳的倒影。而岸上，夕照的魔幻像一层易变的金漆，刷在尖顶的，圆顶的，平顶的，斜顶的建筑物上，正当照射的楼面炫起一片黄金与赤金，背光或斜背着光的红砖墙，就笼在深浅不同的暗赭锈红的阴影里。更远更西，城中心区是一片更加暧昧的楼影，此起彼落，拔出一簇簇纤秀的塔尖，那视觉，已经在虚实之间了。这是昼夜交班真幻交织的时辰，祷告和回忆的时辰，诗人怀古，海客怀乡，满城郁金香和繁花的栗树被晚钟轻摇而慢撼，蝙蝠最忙，唉，最忙的时辰。

一阵海风吹来，带来咸咸的消息，暮色怎么已到我肘边了。从运河口飞过来一只白鸥，在巷对面红瓦的屋顶绕了一圈，灰翼收起，歇在一枝旗杆顶上。这才觉得有点饿了。"新港七十一号"旅店和这一带的古屋一样，是六层的楼房，位置近于运河汇入外港的出口。落到街面，我顺着发黑的红砖路缓步向城里走去。暮色昏暝，两岸的楼窗零星亮起，橘红橙黄的霓虹光管暖人眼睫，运河桥上一柱柱的路灯也开了，古典的白罩有一种温煦素净的柔光，令人安慰。高高低低这一切灯光全投在水上，曳成光谱一般的倒影。金发虬须的水手三三两两，从黑黝黝的边巷里走出来，臂上刺着花纹，须里打着酒嗝，有时哼着歌谣，或向过路的女人调笑。沿街尽是咖啡室、酒吧、餐馆、的是够格（迪斯科）、性商店。古玩铺的橱窗摆着羊皮纸的古老海图，旧式的洋油灯，奇异的铜壶铁罐，形形色色的航海仪器。文身店有好几家，诱我停步，打量窗里陈列的刺花样品，奇禽异兽，海怪水妖，裸女人鱼，各式各样的船舶，锚链，旗号，应有尽有，说不出究竟是迷人还是俗气。

运河走到尽头，码头的红砖地上矗立着一件嵯峨骇人的什么，像是雕刻巨品——走近去一看，原来是一根铁皮箍着的圆木，支撑着一把巨长的铁锚。后来才知道，那是老战舰伏能号上的遗物，供在此地，纪念二次大战死难的丹麦水手。也是后来才听人说，作家安徒生在这条新港街的六十七号住过二十年，许多美丽的童话就是在那楼窗里写的。六十七号，正是我旅店隔壁的隔壁。

晚饭后回到旅店，疲倦得心满意足，却又兴奋得不甘心就把自己交给软床。一日之间，经历瑞典的平原和山地，渡过海峡，来到这汉姆莱特（哈姆雷特）之故国，安徒生、齐克果（克尔凯郭尔）之乡城；海盗的故事，王子的悲哀，人鱼的身世，衬在这港市的异国夜色上，幻者似真，真者还幻，这许多印象、联想、感想和窗外的花香海气缠织在一起，怕不是一夕之梦就遣得散的了。

次晨醒来，隔宿的疲倦消失了，只觉神清气爽，海峡上新生的太阳在楼下喊我，说，哥本哈根在等我去探索，昨晚的夜景只是扉页，今天的曙色才真正是开卷。牵开曳地的厚帷，推开落地长窗，我踏进丹麦初夏柔嫩的晓色，深呼吸车尘未动的清新。金红的朝暾檠在港底的皇家新广场（国王新广场）上，沙洛敦堡故宫（夏洛特堡宫）的巴洛克屋顶似乎浮在所有的瓦屋顶之上，灿灿发光。一种咏叹的旋律在我心底升起，蠢蠢蠕动，要求更明确的面貌，更长久的生命。我知道该怎么做了。回到房里，我抽出笔来追捕昨天傍晚初瞰港市的瞬间印象。一小时后将诗写成，一共四段，二十八行，虽然尚待修改定稿，大致不会太走样了。"作诗火急追亡逋，清景一失后难摹"，苏轼说得不错。带着有诗为证的轻快心情，我像下凡一样下楼去寻访哥本哈根。

赭墙苍薨，塔影凌空，巍峨的市政厅君临四面的广场。一辆游览车从绿荫里启程，穿过栗树绽白的整洁街道，沿着运河，越过运河，七转八弯之后，来到树茂鸟喧的朗格丽尼公园（长堤公园）。先是瞻仰有名的喷泉。水花迸溅，湍濑淙淙声里，女神盖菲央（盖费昂）长发当风，奋策牛群，像北欧神话中所说，犁开峨瑞升德海峡，使西兰脱离瑞典，自成一岛。

但海峡边上另有一尊青铜雕像，以言艺术，或不如这尊有力，以言声名，瞻仰的盛况却远非此座能及。络绎不绝的人群向水边走去，我跟在后面。石路尽处，一抬头，三石成堆的顶上，身躯略前俯而右侧，右手支地，左手斜按在右股上，半背着海波，亦跪亦坐的，岂不是那小人鱼的铜像吗？等待和她合照的游客列成队伍，我一面候着，一面随蟠蜿的长龙从变化的角度，微仰着脸细细端详。

水陆异域，神人命舛，爱情原是碧海青天的受劫受难，苦而自甘，不但盲目，而且哑口。千寻下人鱼的悲剧，安徒生的不朽童话不但赢得千千万万的童心，更撼动普天下童心不泯的有情人。至少深深感动了雕塑家艾瑞克森（埃里克森，Edvard Eriksen），他的人鱼像在此一跪，凄美渺茫的柔情遂有所托，缥缈的传说也有了形体可以依附，于是一块顽铜竟独承全世界目光和手掌的钟情，抚爱。鱼尾一剖为二，分裂成人之下肢，也许象征少女在十五岁前如鱼之体，浑不可分，十五岁后乃有两性意识，混沌破焉，分割的痛苦正是成长的过程吧。丹麦之为国，是一截半岛加许多小岛，爱海之余，竟想象海更爱人，乃有人鱼之恋。艾瑞克森的铜像表现十五岁的少女，似乎早熟了一点，也许他用的是丹麦标准，所以躯体比较丰腴。所幸肩头未尽饱满，犹见青涩，而低眉侧脸若有所思的神情，也兼有寂寞和害羞，线条十分温柔。自一九一三年立像以来，脸、颈、臂、腹和腿，早被游客抚弄得光滑发亮，其他部分则铜锈苍青，正可表示人鱼变人，一半已成人身，一半还是黏答答的鱼皮。据说各国的水手都把她视为吉兆，荷兰和巴西的水手到丹麦来，都要吻她，求个吉利。

中午时分，赶到阿玛丽堡的皇宫（阿美琳堡王宫），去看禁卫军换岗。皇宫中央八角形的红砖广场上，观礼的人群早已拥挤在腓特烈五世的骑像台前，鹄候新卫队旗号飘扬，军乐嘹亮，从罗森堡那头穿越旧城雄壮地操来，为撤岗的老卫队接班。一时广场上号令抖擞，五色缤纷，戎威俨然，气氛十分地热闹。规模不如白金汉宫之盛，又值承平之世，只能当做怀古的军仪吧。看惯了仿制的六七寸精巧玩具，头戴黑绒高帽，身着红衣青裤，一旦面对真人真枪，反而有些好笑，似乎家里的玩具兵怎么忽地放大了几号，活了过来，操得真有其事一般。话虽如此，果真废止了这种仪式，游人只怕又要怅然不欢了。

当天还去了好几处名胜，不及逐一详述。晚上从旅店里出门，召了一辆出租车径去蒂福里（蒂沃利，Tivoli）的音乐厅聆乐。原想去看闻名的皇家芭蕾舞，却须等待明天晚上，可惜那时我已身在德国了。但当晚那场免费的音乐会，和一般免费的表演相反，并未令我失望。梯田式的音乐厅可坐两千人，当晚坐了九成，听众衣冠楚楚，各种年龄都有，秩序非常好，没有人谈话或吃零食。座位与斜度都很舒服，灯光也柔美悦目。但更动人的自然是音乐本身。

乐团颇大，音色极美，演奏得十分整齐而有生气，敏感而又精确。指挥是艾卡特汉森（Eifred Eckart-Hansen），真个是众手一心，杖挥曲随。由于是免费招待市民，当晚的节目较为通俗——例如史特劳斯（斯特劳斯）的《蓝色多瑙河》、维尔第（威尔第）的《艾伊达》（《阿依达》）、比才的《卡门》、古诺的《浮士德》、鲍罗丁的《伊戈王子》（《伊戈尔王子》）等歌剧的片段都是，但是奥芬巴哈（奥芬巴赫）的《奥菲厄司探地狱序曲》（《地狱中的奥菲欧》序曲）和戴礼伯（德立勃）的《泉源组曲》却是第一次听到，十分过瘾。尤其是奥芬巴哈的那首序曲，在艾卡特汉森的指挥杖下，宏大刚强，动人胸肺，比起习闻的《霍夫曼故事》来，高出许多。一夕耳福真是意外的欢喜，异乡人顿觉气清血畅，客心一片明澈，即使独身对繁华的五月，也不感寂寞了。

出得音乐厅来，半轮下弦月浮在天上，下面是"蒂福里"乐园的万盏彩灯，或擎在柱顶，或悬在树上，或斑斓纵横串曳在架上，交相辉映，织成一幅童话的世界。更下面的一层是锦浪四溅的繁花，正值郁金香挥霍的时辰，人就在灯阵和花园里穿来透去，潇洒的一些就高高隐在花棚半遮的酒座里，从容俯窥下界的行人，望之真是神仙俦侣。进得园来，孩子们固然都恍若误入童话境地，涌向各式的游乐场去探险，即连牵着他们的大人也恢复了童心，蠢蠢然想做些傻事。否则每年怎会有五百万人来寻梦，来找失踪的童年？五百万，那正是丹麦全国的人口。而似乎嫌千灯万蕊都太静了，夜晚，乃有喷泉飞迸，洒空成水上的音乐，乐音飘飘，洗耳似空际的回泉。我在榆树荫下找到一张酒座，一杯香冷的土波啤酒，陪我细细品味这梦幻的月色。护城壕开出的湖上，对岸的中国塔用千灯串成的玲珑，倒映水面，更是粼粼然一片金红了。回到旅店，已是午夜，几个水手在深巷里闹酒，却吵不醒沉沉入梦的运河。只有半轮下弦月，幽幽钩在最高的那根桅樯上。

　　第三天上午，金曦依然，我沿着河堤，绕过皇家新广场，一路步行进城去。从欧司德街西南行，到市政厅广场的一英里途中，整洁而宽敞的灰青石板街道，不准驶车，一任行人逍遥散步，从容观赏两旁橱窗里高雅而精致的陈列，向快车噬人的现代红尘里，辟出一片名贵的净土。丹麦人叫这作Strøget（斯楚格街），我叫它作徐踱街。此中豪华，排列得丰盛，紧凑而又井井有条，目无虚睬，像满满的一盒丹麦点心，刚揭开盖子的印象。哥本哈根所产的瓷器，造型精巧，着色雅淡，据说曾受中国影响。进得店去，一片温润柔和的光泽，在圆融流转的轮廓上滑动，诱惑手指去轻轻摩挲。对那样的秀气，我的抵抗力是最低的。

出店的时候，我手上多了一只纸盒，里面是一座人鱼公主和一座为母牛挤奶的农家少女。人鱼的尾巴和村姑的衣裙正是那种最浅净最抒情的青紫色，回头亲嗅村姑的乳牛，则是白底黑斑。

杜塞尔多夫

两小时后，我飞到了德国的杜塞尔多夫。我的目的地原是科隆，因为《莲的联想》的德文本译者杜纳德（Andreas Donath）在科隆"德国之声"任中文部主任，邀我前去一游。但哥本哈根去科隆竟无飞机直达，只能先到杜塞尔多夫一宿。我投宿的派克旅馆在城西科内留斯广场旁边，对面便是戏院，车声人语，终夜不歇，比起哥本哈根小运河边的那家古客栈，情调全然不同。天花板比现代的房间高出两尺，白纱窗帘一垂到地，更衬以墨绿色的厚帷，虽是初夏了，却和北欧的旅馆一样，并无冷气。室内的布置富丽而古典，饶有十九世纪遗风。一夕房租高达一百三十马克。

傍晚时分，我按着地图的指示，施施然朝落日的方向，去寻一家叫雪凫村（Schiffchen）的餐馆。我迷了路，向一位中年妇人求助。她说她家也在那一带，便一路说笑，引道前去。餐馆蜷缩在一径红砖砌地的斜巷子里，门口悬着铁盖白罩的风灯。进得店去，才发现屋深人喧，生意正盛。房间宽阔而曲折，一张张松木板制的长桌，方方正正，厚甸甸的，未加油漆，触肘有一种木德可亲的乡土风味。坐的也是松木长凳，单身客都不拘礼，可以混杂并坐，据说也是当地人引以自豪的传统。蓝衫黑裙体格硕健的酒保，左手托着满盘颤巍巍的高杯啤酒，右手拎着一条长长的白巾，边走边甩，左右摆荡成节奏，真把我逗乐了。我点一份有名的青鱼片（heringsstipp）和一杯土波啤酒。酒保有点迟疑，问了一句："就这点吗？"我说："先来了再说。"鱼片端来了，满满一大碟，杂以苹果及洋葱的切片，和以调味酸汁，并附上一块干硬的圆面包。一片进嘴，倒吸一大口凉气，我的灶神菩萨，敢说这是世界上最酸的东西，把我的舌头都酸弯了！赶快喝一大口冰啤酒，反而变本加厉，只有猛嚼白面包。三块鱼片勉强下肚，才省悟那面包是绝对少不得的。如果整碟吃完，今晚一定是睡不成觉的了。最后酒保看出不对，建议我叫一份德国牛排，才胡乱充饥了事。

第二天上午我精神奕奕，去探赏邻近的"宫园"（Hofgarten）。那座公园枫橡榆栗之属绿翳半空，枝叶交荫成凉翠沁人的阳伞，一遮便是一亩半亩的草地。那草地修得细密齐整，好一幅欲卷而无边的巨毡，绿得不能更纯洁。但另外的几件事却全都落了空。公园的西门有一座歌德纪念馆，那天偏不开门。园内有小丘名拿破仑，丘上有诗人海涅的纪念碑，却遍寻不见，只看到几座全不相干的石像。问来往的路人，没有一个能指点迷津。海涅生于杜塞尔多夫，当地人似乎全不在意。艾略特名诗《荒原》，一开篇就提到"向前走，走入阳光，走进'宫园'"，当时以为就是眼前之景。回到香港一查诗集，原来是指慕尼黑的那座。怀着失望的心情，当天下午便乘了银灰衬底的橘红火车隆隆去了科隆。

科　隆

一矗二千岁，古罗马帝国的科隆名城有两大不朽——横行的莱茵河与纵举的大教堂：横的，是神造给人的，纵的，是人造给神的，两者都不属于科隆。那莱茵河滚滚向北流，水流，岸不流，岸留，水不留。水是从高高的瑞士滔滔而来的，终竟被北海静静地领去，罗马兵到前就早已如此。那大教堂嵯峨的双塔向上升，塔尖刺痛中世纪的青空，七百年拔地森森欲飞腾而始终未飞去，只留下这灰沉沉、黑甸甸、烟苍雨老的巨灵，磅古礴今，不胜负荷地犹压着科隆。

双塔竞高的哥特式大教堂，中世纪悠悠一梦留下的铁证，重重烙在现代的额上，不敢仰视又不可否认。那双塔从一切楼顶和教堂顶上陡然升起，到一种遗世峙立的高度，于神曰近而于人曰远，下界的尘嚣，环城的高速路上儿戏的车潮，已经不能够上达他的天听了。就那样充塞在天地之间，那古寺之精日日夜夜崇着科隆人不安的记忆。走过任一条正街斜巷，远景尽头他总在那里，瘦瘦的塔影擎在天边，一切街景以他为背景。

正是一阵夏雨刚过，我的火车渡过莱茵河，从东面进城，艳阳下，鲜明光洁的现代排楼里，猛不防涌出这幢幢的黑巨灵，震得人呼吸一急，看呆了。那么深刻奥秘的一座大雕塑，四围的角楼，荫翳的浓彩玻璃窗里深藏着机心，惊疑的再瞥，惶惑的回顾，怎能窥探得清楚？到了旅馆里，草草安顿之后，立刻雇了一辆车径去大教堂前的广场。

终于站在他的阴影下，科隆的青空忽然小了，且被楼角和柱尖和顶上危举的千百座十字架咬出参差的缺口。远望时黑压压的一片，这时才分出了细节，描清了轮廓；大理石的纹路，风雨的剥蚀，岁月的久暂，也渐可追寻体会了。我怔怔立在西南角，不是在低回，是在仰叹。富丽的腰线，典雅的拱门，修挺的石柱，镂空的桥栏，大大小小斜斜正正，看不尽一层层一列列天使与圣徒肃穆的雕像。我绕壁而行，时行时止，每移一步，仰望的角度一变，钩心斗角的楼势塔影也呈露新貌，盘盘囷囷，原是峥嵘的石相，忽然天光一道，排罅隙而下贯，再前一步，罅隙乍合，又一簇十字架从背后昂起。而贴着墙隅，一仰面总有只狞恶的黑兽作势在攫天，又似乎就要一纵扑下来噬人，定神再看，才悟出那是承溜的笕嘴，檐牙高啄，喷过几朝几代的骤雨。

直仰到目眩颈酸，才想起该进去看看了。一跨进西面的高铜门，冰人的寒气兜头袭来，像下了钟乳石洞，不禁打了个喷嚏。再前几步，纵堂豁然大开，雕有圣徒的两排巨石柱间，目光尽处，浮现七弧相接的半圆形唱诗班坛，那高逾百英尺的堂顶，用一层又一层的拱门弯弯托住。彩绘三贤朝圣的绚烂玻璃窗透入七色的天光，随着户外的阴晴忽暗忽明，阳光无阻时，一切都金碧生辉，管风琴的巨肺开阖在歌颂，恍惚之间，真回到中世纪去了。

回头仰望，背阳的北窗阴蒙蒙的，定睛端详时，才看出一幅幅的画面各述《圣经》的故事，或赞《旧约》的人物，气象之壮丽一览难尽。科隆大教堂本身就是西方建筑的一大杰作，而所藏古画及金、铜、木、石等的雕刻之多，又堪称宗教艺术的纪念馆。其中最引人注目的，例如十二世纪的金棺，供于东方三智士的神龛，重逾六百磅，又如十五世纪罗赫纳所画的《三智士朝圣图》等件，那天下午我都有缘从容瞻仰。

科隆大教堂长四百七十四英尺，宽二百八十三英尺，高五百十六英尺，是欧洲最宏大最有名的教堂之一。说来也难相信，从破土到落成，全部工程竟拖延了六百多年。先是一二四八年，大主教康拉德主持了开工典礼，有意超越完成不久的几座法国教堂，盖一座当时世界上最宏大的教堂。七十二年后，才将东边的唱诗班部分盖好，之后工程更趋迟缓，到十六世纪初年，无论是纵堂、横堂，或南面的塔楼，都只建了个大致的躯壳。这时新发现了美洲，欧洲海运大开，科隆的河港地位渐形低落，经济衰颓之余，建筑工程遂告停顿。其后三百年间，只见半座教堂，旁边高高地横着一架起重机。十九世纪初年，浪漫时代怀古成风，中世纪的哥特式建筑再度流行。一时作家、学者、王公之间，都热烈主张继续未完之业，于是普鲁士王腓特烈·威廉四世在一八四二年奠下了复工的基石，到一八八〇年才悉照十三世纪的原定计划竣工。不幸又逢二次大战，损毁可观，直到一九五六年始告修复，重新向信徒开放。

最后我巡礼到横堂北厢，看见络绎的信徒跪在烛案前的锦墩上，合掌祷告，心事形于颜色，然后起立，把钱币投入捐献袋中。我并非天主教徒，却感于柔美的宗教气氛，徘徊不忍遽去。烛案上一列数十支白烛，素辉清莹，一注注的蜡泪纵横流泻。我乘人散的空档，趋前燃一支新烛插上，默祷一番，投一枚马克币在袋里，便从北门出来，回到现代。

但不久我又投入了远古，比中世纪更淹远的古代。大教堂的南邻是一家新建的"罗马与日耳曼博物馆"，诱我进去。那哥特式的七百年古寺，面容矍铄地君临科隆，阅世虽久，所阅的却只是科隆的后半世。至于更长的前半世，逝去的不算，留下的，一半在地上，一半却在地下。一进博物馆，回梯就把我接到地下室去。那地下室空荡荡的，中间更凹进去一块，长三十三英尺，阔二十四英尺。原来那是一整幅地板，用千千万万片彩绘的细石和玻璃镶嵌而成，缤纷的图案隔成的长方形与八边形空白里，更嵌出人物和禽兽，或为酒神，或为牧神，或为半裸之美女，或为酒神之斑豹，总之描述的都是游宴的乐事。居中的一图是酒神的醉态，乃称为"戴奥耐索斯镶瓷"。地板四周的小图，所嵌尽为牡蛎、瓜果、家禽之属，说明它原是贵族之家的餐厅所铺，据考证当在第二世纪。一九四一年德国人掘出这名贵的罗马遗迹，便严加封护，并就原址建筑这座

"罗马与日耳曼博物馆"永加珍藏，直到一九七三年才任人观赏。

古罗马人重死厚葬一如古中国人。科隆古城墙外，官道两侧罗马的古墓累累，最多纪念碑与石椁，是考古学者的乐园。俯临"戴奥耐索斯镶瓷"一端的"巴布礼谢斯之墓"，正是近年发现的一座。长方形的石墓上还饰有石柱支起的小殿堂，中央拱着罗马第五军团将官巴布礼谢斯的立像，据说墓中是公元五十年的人物，年代更早于那镶瓷地板的主人。博物馆中罗马的古物收藏极富，有的是当地所制，有的是古代从意大利运来。其中科隆人最引以为荣的，是东方三智士的遗物，早在十二世纪便由达赛尔的大主教瑞纳德从米兰迢迢携来，所以至今科隆城仍以智士的三顶金冕为旗徽。

我说那双塔的古教堂所阅的不过是此城的后半世，因为科隆是一座两千岁的古城了。科隆之建城，早在公元前三十八年，亦即我国西汉末年；当时奥古斯都大帝的驸马亚格瑞帕（阿格里帕，Marcus Vipsanius Agrippa）任莱茵河区的元帅，将日耳曼族的乌壁（乌比）人自河东徙至河西，为营乌壁城（Oppidum Ubiorum），是即科隆前身。其后罗马大将吉曼尼克司（日耳曼尼库斯）在此生下一女，名叫艾格丽派娜（小阿格里皮娜，Julia Agrippina）；她和前夫生的儿子就是日后的暴君尼罗（尼禄），她后来的丈夫就是罗马皇帝克洛迭厄斯（克劳狄乌斯）。皇后的故乡身价自又不同，到了公元五十年，她就下诏把乌壁城升格为罗马的正式市，从此"敕封艾格丽派娜之克洛迭厄斯藩镇"（Colonia Claudia Ara Agrippinensis）。科隆之名即由Colonia（殖民地）转为法国人治下的Cologne而来。升格后的科隆，在罗马人的锐意经营之下，渐渐蔚为帝国北陲之重藩，甚至有"北方罗马"之称。早期的城堡建成方形，每边约长一公里，断续的城墙和西北隅的城楼依然坚守在现代的街道上，但疾驰城下的不是骁腾的战车，是金甲虫和奔驰，令人产生时间的错觉。中世纪时，城堡扩建为半圆形，约宽一英里，长六英里，成为德国最大的城市。十二世纪时，科隆的城区甚至大于巴黎与伦敦。十三世纪该是科隆的全盛时代，同一年内不但兴建那大教堂，更创办了一所神学院，于是天主教的如汤默斯·亚贵纳斯（托马斯·阿奎纳）及敦士·史可德斯（邓斯·司各脱）等先后来此讲学，不但使科隆成为学术中心，更于十四世纪末成立了科隆大学。不料十六世纪以后，欧洲各国向海外殖民，竞拓海运，科隆在莱茵流域的枢纽地位渐趋冷落，三百年间几若为世所遗，直到十九世纪中叶才复兴起来。

从博物馆的地窖冒上来，再度回到现在的科隆。我兴致勃勃越过大教堂广场，走上东边的霍恩索伦（霍亨索伦）大铁桥，看脚下艾德诺（阿登纳）大道车潮来去。那铁桥，远看只见斜里的侧影，黑压压暗沉沉密匝匝的一团，罩在滚滚的莱茵河上。走上桥去，才渐次看清桥面的双轨上，当头罩下稠密蔽天的钢柱钢梁缠织成三座双弧形的拱架，橘红色的电气火车就曳着一长列铁青色的车厢在架里敲打而出。这座巍峨的大桥是科隆跨河东去的八桥之一，每天有一千辆火车对开驶过。我过桥的二十分钟内，就有好几班火车掠我而过。只觉得一时铁轨骚然，抽筋错骨一般地紧张，有节奏的锤击一波波传来，从遥远的预告到逼近的警告，轻快的铿锵加骤加重加强为贯耳撼耳的踹地镗鞳，森严的梁柱都沉住气，能不倾轧就不倾轧，所有的铁钉都咬紧牙关。那种金属相撞，壮烈的节奏有瓦格纳之风，你觉得千轮万轮无不在你脊椎上碾过，有一种无端被虐的快感，一遍又一遍。滔滔的莱茵河向北流，水势湍急，浪色黄浊，据说以前不如此。据说以前的舟人河客，都被金梳梳发的洛丽莱（罗累莱，Lorelei）用妖曲诱拐去了。俯在桥栏上，只见一艘接一艘平扁的长货轮，重载压得吃水很深，舱面低贴着水面而过。

　　到了对岸，绕过霍恩索伦皇族的青铜骑像走下桥去。石级尽处，是长长的河堤，里面是东岸的卫星城德意志

（多伊茨，Deutz），濒河则是行人的石道。河向北走，我独自向南行。因念北欧之旅，也是一路南来，这季节，在台湾和香港虽然是谷雨已过，端午未来，暑天的炎气早就炙手可热，夏木嘉荫已经翠映人面了。但在此地，犹是仲春的嫩青软绿，瑞典的树梢刚绽春机，丹麦的枝头才满春意，德国的五月底春色就更浓，莱茵河上，合抱的枫树和更粗的榆树已经枝齐叶满，迎着阳光的茂叶，绿中透出金黄，十分明媚，背光的一些则叠成一层深似一层的墨绿。阳光艳美，走得久了，略有一点汗意，便在几树翠盖接叠的巨枫荫里歇下脚来。凉风从莱茵河上吹来，枫叶翻起一簇簇金绿和墨绿，低丫的丛叶一开一阖，露出横波的大铁桥和桥上迤逦的火车，但远得已不闻那震响。不知哪里飞来了一群燕子，纤秀敏捷的侧影衬着青空，三三五五，上上下下，在水上联袂回翔，时或掠来岸边，在糙石赭颜的古城垣上追逐鸣嬉。一时间，烟波辽阔的河景更添了灵活的生气，但一缕乡愁，虽是那么轻细，却忽然上了心头。西洋诗中当然也读到过燕子，但那是"学问"，不是"经验"。一旦面对此情此景，总觉得怎么江南的燕子竟飞到莱茵河上来了呢？

我沿着莱茵河继续向南走，五月的艳阳下，微微出汗，脚也酸了，心头却十分欣慰，一面在构思一首诗的开端。隔着河水，对岸的科隆纵览无遗。为了维护大教堂高超的尊严，市中心不准兴建高出它双塔的巨厦，所以这莱茵名城的轮廓并不峻拔，但建筑物与青空交接处的"天界"（Skyline）却是美丽耐看的。并列得整整齐齐高皆六七层的临河街屋，一排排长方形的窗子上都耸起陡斜的三角墙，上覆深褐色的瓦顶，放眼看去，就像邮票的白齿花边那么素雅。而在横延的齿纹之上，更升起魁梧秀挺的一座座教堂，峭急的塔尖犹擎着中世纪的信仰。而拔出这一切朝天的三角和锐角，这一切狼牙犬齿之上的，当然是那座俯临全城的大教堂。悠悠的罗马帝国，漫漫的中世纪，都早随滔滔的莱茵水逝去，而衬着远空，背着斜日，却留下那哥特式的古寺，正应了苏轼之句"未随埋没有双尖"。其实埋没在它的盛名之下，科隆有好几座教堂年寿比它更高，哪，就在它左边不远处，那四塔拱卫一尖独秀的苜蓿花型的圣马丁大教堂，就建于一一七二年，比它更老七十六岁。再向左，另一座苜蓿花型的圣玛丽亚（圣玛利亚）大教堂，已经有九百多岁了。

于是面前这北去的莱茵河，逝者如斯，流成了一川岁月。对岸的水市蜃楼，顿成了历史的幻景，一幕幕，叠现在望中。这就是科隆的身世。凯撒（恺撒）来了又去了，留下艾格丽派娜的恩泽，罗马人的余荫，留下罗马的石墓和沟渠,留下一道道的古石墙纪录两千年的风霜雨雪。耶稣来了又去了,留下三智士的冠冕,留下一簇簇的十字架在半空。霍恩索伦的帝王来了又去了,留下桥头的广场上的青铜骑像。然后是法国兵来了又去了。希特勒去时来了美国的轰炸机和战车,二次大战的烟烬里,古科隆,只余下一座劫后的大教堂和十分之一的市区。艾德诺,战后的贤相也是科隆的子弟,领导着不屈的科隆人把一堆废墟重建成今日西欧的重镇,莱茵河中游最大最活跃的名城。据说当初艾德诺决定为德意志联邦共和国定都,在其南四十英里的波昂(波恩)而非其故乡科隆,还引起桑梓父老的不满。不过科隆却真是复苏了,像每一次劫后它都能复苏那样。眼前这城市是一座脱胎换骨了的现代城市:八座大铁桥横跨河上,八条高速公路辐射而驶,复由环城的快车道贯串在一起,波茨望的科隆。波昂国际机场是名副其实的"空港",而大海轮可以逆莱茵而来,使这内陆的河港一年卸货达一千六百万吨。

过了德意志大桥,到了塞佛灵(塞弗林)桥头,便登桥向对岸踱去。那是一座单柱独墩的吊桥,桥墩支于中流,桥柱一矗七十米,用十二根巨钢缆吊住桥身,设计匪夷所思。到了对岸的桥头上,一条乳白色红烟囱的游船正从莱茵河下游巡礼回来。我凭着回旋石级的铁栏,看游客兴尽登岸，向街上散去，或与家人提携，或与情人笑语，那种自得而亲切的神情，令我乡愁又起，且心怯旅馆的空房起来。我穿过行人漫步的著名街道合爱路（霍赫街，Hohe Strasse）向北走去。到旅馆附近的艾伯特广场时，中世纪留下的埃戈斯坦城门上，已经是夕照满墙了。

当晚杜纳德和他的太太来旅馆看我。我们去酒吧喝土产的"寇希"（科隆）啤酒，且约定明天去"德国之声"参观。杜纳德太太还是初见，由于她不谙英文而我又不谙德文，只有靠杜纳德从中翻译，也谈得十分亲切。杜纳德说，他译《莲的联想》时，誊清的工作是她做的，所以她对此书之德译本始终也很关怀。我立刻举起"寇希"向她致谢。

第二天下午，杜纳德来接我去大教堂广场，在橘红的布阳伞下饮酒，一面看行人来往。燕子在大教堂的塔楼上飞翔，高得看不真切，倒像是一群蝙蝠。低处飞的则是灰蓝色的鸽群，拍了一阵翅膀，总是落在地上，三五成群地觅食。想每一座圣徒或先知的石像头上，该都有一泡鸽粪吧。之后两人便步行去"德国之声"。昨天在莱茵河边走了好几里路，两脚起了肿泡，这时更隐然作痛起来。到了"德国之声"，上得楼去，杜纳德把他中文部的六位同事介绍给我——依次是陆锵、严翼长、张凡三位先生和侯渝芬、杨先治、张子英三位女士。从斯德哥尔摩一路南来，这还是第一次说中文，倍感异国乡音的温馨。张凡先生带我去录音室做了十分钟访问，之后严翼长先生又陪我去附近有名的"四七一一"香水店参观。科隆香水名闻天下，国内习称古龙水，其实却是十八世纪初甚至更早由意大利人传来科隆的，据说是提炼佛手柑和其他柑橘类的汁液而成。看来科隆受惠于意大利者，不限于凯撒之武功与文化，或是圣保罗手创的教会。当晚，杜纳德伉俪及六位同事宴我于一家中国菜馆，散席后陆锵先生驾车送我回旅馆。陆先生是《联合报》驻德国的名记者，旅德二十年，为我说德国事如数家珍，十分有趣。谈到夜深，啤酒饮尽，竟然陶陶微醺了。第三天下午，杜纳德送我到波茨望的机场，依依握别而去。两小时后，我又回到巴黎。

巴　黎

在巴黎不到二十小时，偌大一个花都，连走马看花都太匆匆了，更何况是在游览车上，喋喋的向导声里？我住在凯旋门西北方一条街外的"顶点"旅馆，正当国会大厦的斜对面。当晚乘了一辆游览车自巴士总站出发，蜻蜓点水一般，历经了万东广场（旺多姆广场）、罗浮宫（卢浮宫）、塞纳河上的新桥、巴斯铁狱（巴士底狱）、圣母院、卢森堡宫、埃菲尔铁塔、凯旋门、香榭里舍（香榭丽舍）大道、歌剧院、蒙马特、拉丁区等名胜。这样的一目十行，等于用看报的速度去翻阅一卷诗集，里面每一首精心杰作都值得再三咀嚼，从容吟味。不过我在巴黎只此一夕，算是北欧之旅回程拾来的"花红"，也只有将就如此了。

一座文化古城如巴黎者，本身就是永不关闭又且"具体而巨"的一座纪念馆，历史的、艺术的、文学的千般联想，株连藤牵，再也挥之不断。这城市素有"光明之都"的美称。那一夜的巴黎是一片光之海，浮漾着千千瓣万万蕊高低远近的珠白色灯盏，拿破仑的帽影似乎在灯影后晃动。我手里握着司机找来的一张十法郎的钞票，上面那蓬发挥杖的画像，不是庞毕度（蓬皮杜）或狄斯唐（德斯坦），是浪漫大师贝辽士（柏辽兹）。这说明为什么巴黎是艺术之都。

车过蒙马特，红磨坊的繁华如故，那梦一般的风车在彩灯的河里旋转，路边的酒座上，波希米亚族已经客满，对他们来说，巴黎之夜正开始。红磨坊永远是罗特列克的，永远。我说。车过塞纳河，桥上的灯晕摇曳在波上，就像惠斯勒画上的那样，他一点也没有骗我。巴黎以罗马风、哥特风、巴洛克风全部的美支持她遥远的声名，巴黎

没骗我。但在我走马灯的缤纷联想里，闪现得最崇人的一
张脸，却是那红发绿睛的荷兰画家，虽然他从未叫巴黎作
家，虽然也像我一样，只能算巴黎匆匆的过客。我想起了
《梵谷传》巴黎的那一章，怎么译者自己都到了第五章里来
了呢？

　　第二天上午，去凯旋门附近的一家小书店买了一张明
信片，正面的风景是铁塔，反面我写上"在铁塔下，想起
了你的名句"，便贴上邮票，寄给远方那诗人。中午，我
的法航班机在啸呼声中纵离了最后这一驿欧土，高速向东
南飞行。大块的水陆球在脚下向东旋转，我们却赶在球的
更前面，云的更上方，巴塞尔、沙尔兹堡（萨尔茨堡），
然后是南斯拉夫的萨格瑞伯（萨格勒布）、贝尔格来德
（贝尔格莱德），一驿过了又一驿。黄昏提早来到，夐无边
际的大蓝镜在隐隐收光。"伊斯坦堡（伊斯坦布尔）在下
面，快看！"满舱的惊呼声里，我一跳而起。两万英尺下，
地图一般延伸着欧陆最后的半岛，一片土黄色，止于一个
不能算尖的尖端，而欧陆最后的一座名城，无论你叫它拜
占庭或君士坦丁堡，朦胧里，似乎就是那尖端上非烟非尘
的一痕痕斑点。幻觉此时，正有无数新月带星的塔楼尖尖
地簇簇地指着我们，也许舱外，正是各种教徒的祷告上升

时必经之路。初夏的晚空，天气那么晴朗，上面的黑海蓝接下面的马尔马拉海，好一块洁净完整的土耳其玉，何曾有什么樯桅在越水？再过去，你看，便是浑茫的亚洲了。

一九七八年冬

沙田七友记

前　言

　　沙田山居，忽忽四有半年，朋友当然不止七位，而于此七友，我所知者当然也不止如此。一个人的生命正如冰山，露在水面的不过十之二三，我于七友，所知恐亦不过十之三四。以下所记，多为曲笔侧写，有话则长，无话则短，只能聊充传记的脚注。取景则又不远不近，相当于电影的中距离镜头，激发兴趣则有余，满餍好奇则不够。至于此文刊载之后，七友尚能余下几友，七座冰山会变几座火山，亦非我所敢预测，所赖者，友情的弹性和高士的幽默感而已。万一我运笔偶近漫画，那也只是想逗我的读者高兴，不是想惹我的朋友不高兴。根据"互惠"的原则，七友之中如果有谁报我以相同的笔调，我必定欣然受之，认为变相之恭维。文中人名太多，尽量免去尊称，以示亲切，而非不敬。

宋淇（笔名林以亮）

宋淇是批评家、翻译家、诗人、编辑——这四方面和我们当初的结缘，全有关系。早在二十年前，他为"今日世界社"主编一册《美国诗选》，苦于少人合作，乃请吴鲁芹在台北做"译探"。吴鲁芹把我的一些翻译寄给他看，他欣然接受，我便成为该诗选的六位译者之一。此后他在香港而我在台北，通信多而见面少。直到四年前我来中文大学任教，我们才经常见面，相知更深。

见过宋淇的人，大概没有想到他在少年时代还是一位运动健将。后来由于多病，"社交量"不得不受限制，很少出门。和杨牧一样，他最喜欢坐定下来聊天，却不像杨牧那样一面聊天一面饮酒。在这方面，他不但学识广泛，而且舌锋凌厉，像是我们这圈子里的约翰生博士。他的父亲春舫先生兼通好几种西方语文，是一位名戏剧家和学者。家学的背景，加上和香港影剧界多年的渊源，使他在这方面话题无穷。诗和翻译是我们的同好，也不愁无话。他是红学专家，一谈起红学，我只能充一位聆者。至于早期的新文学家，尤其是"学院派"的一类，有不少是他的父执，不然就是早他半辈的朋友，第一手的经历，由他娓娓道来，分外亲切动人。他曾告诉我说，有一天他家里来了一位客人，笑吟吟地教了他一下午的西洋棋，当时他还是个小孩子，只觉得那客人蔼然可亲，后来才发现他的棋师竟是大名鼎鼎的胡适。诸如此类轶事，我常劝他记下来发表，否则任其湮没，未免可惜。

宋淇谈天说地，全凭兴会，所谓娓娓，往往升级为侃侃，终于滔滔。他并不好动，不能算是"应酬界巨子"（何怀硕语），但他交游既广，涉猎又多，兼以记性特强，所以话题层出不穷，舌锋至处，势如破竹。这时你最好不要去抢他的"球"，因为他运球如飞，不容你插手，不，插嘴的。偶或有客抢到了球，正要起步，却又被他伸手夺去。这当然不是永远如此。如果你说得动听，他也会注意听你说，且粲然而笑的。

像一切文人一样，宋淇是一位性情中人，情绪有冷有热，正如英文所谓moods。对于他所厌烦的东西，他绝对不去敷衍。因此有不少人只能看到他的冷肩。这样的择友而交，令人想起女诗人狄谨荪（狄金森）的名句：

> 灵魂选择她自己的朋友，
> 然后将房门关死；
> 请莫再闯进她那圣洁的
> 济济多士的圈子。

不知是因为身体的关系，还是脑中经常在转动着好几个念头，宋淇即使在好友的面前，有时也似乎心不在焉，甚至瞬间会没有表情。奇怪的是，你讲的话他却又很少漏掉。实际上，他外方而内圆，望之若冷，即之则温。他一旦认你为友，必然终生不渝，为朋友打算起来时，比谁都更周到。这时你才发觉，先前的冷，只是一层浮冰，一晒就化的。

另一方面，我认为宋淇又是一位理性中人，处事很有节度。我很少看见他大喜大怒，也许喜怒之情一个人只在家人面前才显露吧。我有一些初交的朋友，也认为我的性情并不如在诗文中所表现的那么强烈，因而松了一口气。宋淇虽然多病，却很少见到他欲振无力，反之，说起话来，总是气力贯串，节奏分明，比起不少健硕之士来，还飞扬得多。奇怪的是，他虽然不时生病，又兼行政重任，写作却仍多产。也许病生多了，"战时等于平时"，自多抗拒之道，病菌也日久有了交情，不至于太为难他吧。

在当代学者之中，宋淇褒贬分明，口头赞美最频的，包括钱锺书与吴兴华，认为国人研究西洋文学，精通西洋语文，罕能及此二人。吴兴华不但是学者，更是诗人，"文革"之前一直任北京大学的教授。据说"文革"一起，吴兴华便首当其冲，成了最早的牺牲品。吴兴华是宋淇的同学挚友，所以"文革"之祸，他的感慨最深。另一位学者兼翻译家傅雷，则是介于春舫先生与宋淇两代之间的世交，可谓"半父执"；所以在另一方面，傅聪之视宋淇，也有"半父执"之谊，每次来港，总不免见面叙旧。我想宋淇对西洋古典音乐的爱好与了解，和傅家的世交或为一个因素。他对于西画兴趣亦浓，书房壁上所悬，正是他亲家翁名画家曾景文的作品。

宋夫人邝文美女士出身于上海的教会大学，却兼具传统女性之贤淑与温婉，是我们最敬佩的"嫂夫人"之一。她是作家宋淇的秘书，又是病人宋淇的看护。我家每次"大举"回台省亲，她又为我家照顾小鹦鹉，成了蓝宝宝的"鸟妈妈"。蓝宝宝不幸于今年十月一日病死，所以她这小小的头衔也已成为亦甜亦酸的回忆了。我们几次郊游，邀宋淇伉俪同去，宋夫人都因宋淇不适或无暇便放弃了山岚海气之乐。在背后，我们有时戏称他为"蓝胡子"。

高克毅（笔名乔志高）

　　和宋淇共同编辑中文大学出版的《译丛》英文半年刊，使它渐渐赢得国际重视的另一学者，是高克毅。在台湾文坛上，他的笔名乔志高更为人知，却常被误作乔治高，令他不乐。不过高克毅不乐的时候很少，我每次见他，他总是笑吟吟的，传播着愉快而闲逸的气氛，周围的朋友也不知不觉把现代生活紧张的节奏，放松半拍。无论说中文或英文，他的语调总是那么从容不迫，字斟句酌，有时甚至略为沉吟，好像要让笑容的涟漪一圈圈都荡开了，才揭晓似的发表结论。有些朋友嫌我说话慢，但高克毅似乎比我又慢小半拍。我从未见他发怒或议论滔滔。他这种温文和蔼的性情，在驾驶盘后也流露了出来，一面缓缓开车，一面不断和旁座的朋友悠然聊天，于是后座的高夫人总忍不住要提醒他全神看路。

　　高克毅是有名的翻译家，散文也颇出色。他的英文之好、之道地，是朋友间公认的。最使他感兴趣的三件东西，是新闻、翻译、幽默。其实这些是三位一体的，因为新闻不离翻译，而翻译也尽多笑话。他在新闻界多年，久已养成有闻必录的习惯。有一次他和许芥昱来我家做客，席上众人聊天，我偶尔说了一个笑话，他欣赏之余，竟立刻从

衣袋中取出记事簿和钢笔，记了下来。他和许芥昱旅美都
在三十年以上，自然而然也都修养成西方绅士彬彬有礼的
风度，对于妇女总是体贴周到，殷勤有加，不像东方典型
的"大男人"，高据筵首，指天画地，对于女主人的精心
烹调，藐藐不赞一辞。绅士型的客人，当然最受主妇的欢
迎。那天二绅士坐在我家四女孩之间，一面夸奖女主人的
手艺，一面为邻座的女孩频频送菜，一面当然还要维持全
桌流行的话题，手挥目送，无不中节。事后，女主人和四
位小女主人交换意见，对于二绅士都表满意。

蔡濯堂（笔名思果）

作风异于二绅士者，是蔡思果，蔡夫人从美国来香港
团圆之前，被迫单身的思果是我家的常客。这位"单身汉"
每文不忘太太，当然不是一个大男人主义者，但是另一方
面却也绝非西化绅士。两极相权，思果大致上可说是一位
典型的中国书生，有些观念，还有浓厚的儒家味道，迂得
可笑，又古得可爱。

今年春末，高克毅从香港飞去美国，宋淇夫人、思果
和翻译中心的吴女士去启德机场送行。临上机前，高克毅
行西礼向两女士虚拥亲颊。不久思果在我家闲谈，述及此

事，犹有不释，再三叹道："怎么可以这样？当众拥吻人家的太太！"我说："怎么样？当众不行，难道要私下做吗？"大家都笑起来。过了一会，见思果犹念念不忘，我便问他："当时被吻者有不高兴吗？"思果说："那怎么会？"我又问："宋淇自己无所谓，你为古人担什么忧？"思果正待分辩，我紧接下去说："依我看，根本没事儿，倒是你——（思果说："我怎么？"）——心里有点羡慕高克毅！"这时，众人已经笑成一团。

又有一次，和我存在思果的客厅里聊天，他忽然正色道："我太太不在的时候，女人是不能进我卧房的！"我存和我交换了一个眼色，强忍住笑问他："如果我此刻要进去拿东西呢？"思果说："哎！那当然可以。"我存说："我不是女人吗？"思果语塞，停了一会，又郑重其事地向我们宣布："女学生单独来找我，是不准进大门的，要来，要两个一起来。"我存说："这并不表示你多坚定，只表示你没有自信。"思果想了一下，叹口气道："说得也是。"

沙田高士在一起作风雅之谈，如果有宋淇和思果在座，确是一景。宋淇一定独揽话题，眉飞色舞，雄辩滔滔，这时思果面部的表情，如响斯应，全依说者语锋之所指而转变，听到酣处，更是啧啧连声，有如说者阔论激起之回音，又像在空中的警句下面画上底线，以为强调。初睹此景的外人，一定以为两人在说相声。不过，在不同的场合，轮到思果"做庄"，唇掀古今，舌动风雷的时候，也足以独当一面的。说到兴会淋漓，题无大小，事无谐庄，都能引人入胜，不觉星斗之已稀。有一次在我家，听他说得起劲，忽然觉得话题有异，从催眠术中猛一惊醒，才发现一连二十分钟，他侃侃而谈的，竟是他的痔疮如何形成，如何变化，又如何治好之后如何复发。

从此对思果这种"迷人的唠叨"颇有戒心，不过既然迷人，也就防不胜防。终于又有一次，在夕阳之中，我驾车载思果去尖沙咀同赴晚宴。上得车来，他的绣口一开，我的锦心就茫然了，等到锦心恢复戒心，糟了，车头忽已对着过海隧道的税门。少不得硬着头皮开过海去，然后七折八弯，觅路又开回来。思果一路道歉，最后更拿出一张十元钞票，说要赔我税钱。我大笑。

思果是有名的散文家和翻译家，这是大家都知道的，但是外人很难想象他的兴趣有多广阔。他是虔诚的天主教徒，对天主教的熟悉是不消说的。在中文大学的宿舍里，他和李达三神父是邻居，每星期都要在一起望弥撒，一僧一俗，同为（不同意义的）单身汉，又是翻译和文学的同好，十分相得。此外，思果最热衷的东西，据我所知，该包括运动、京戏、方言、书法。

思果每天用在运动上的时间是可观的，他说他年轻时体质不好，后来勤加锻炼才健康起来。也许正因如此，他虽已过了六十，一头乌丝，却仍是"少年头"。他的运动日程，主要是长跑和太极拳，有一度还领着一些年轻的"徒弟"如周英雄、黄维梁等，俨然一派教头。他夸口说能静坐在桌前，一摒万念，便入黑甜，等到悠悠忽忽再睁开眼来，已经是五分、十分、半小时后，而桌前坐着的，又是一个簇新的人了。这种来去自由任意远征的"召梦术"，我是千年也修不来了，不要说半竖着无此可能，就算是全横的时候，也不是召梦便验的。

没有一次见面思果不谈京戏，我相信他这方面也不含糊，是个十足的戏迷。我只能说"相信"，因为迄今为止他只开过一次口，而仅有的一次只唱了短短的一段《战太平》，还是千怂万恿才勉强别过身去，又推说那天嗓子不能作准。所以他作得了准的艺术至境究竟有多高，我还是不太清楚，而他再三暗示总有一天要让我们餍足的耳福，仍然是一个预言。最令我莞尔的一个现象，是在这件事上，思果似乎一直下不了决心，究竟要自谦还是要自负。所以每次自我分析的时候，他总不免先自谦一番，说他的唱工和琴艺不过尔尔，比起什么派的谁何名伶，算得了什么。如是数分钟后，眼见大家渐渐被他说服，有点同意起来，且亦不再企图劝慰他了，忽又似乎心有不甘，语气一转，自我修正，渐渐强调"不过我这副嗓子呢——哎，不瞒你说，好多师傅都说我本钱足。不像样子的胡琴伺候，我还真不——"于是四座忍俊不禁，统统笑了。有一次何怀硕，一个小型的思果专家，说这是棋术上的退两步进一步，大家欣然同意。思果听了，只有苦笑的份。

这样的宽容，正是长者可爱之处。调侃朋友，最难恰到好处：如果对方根本不在乎，则调者自调，久而无趣；如果对方十分在乎，又怕反应太强，超过预期。最理想的对象——我不敢说"牺牲品"——是相当在乎，却又相当容忍，那种微妙的平衡，正在似恼不恼之间，使调者觉得有一点冒险，却又终于并没有闯祸，而旁观者只是捏一把——不，半把冷汗，于是宾主释然尽欢。思果正是这么一位可爱的朋友，宽容的长者。所以每次他来我家，都成为众所欢迎的客人，也是我几个女儿最感兴趣的"蔡伯伯"。有时我又不能无疑——说不定思果早已觑破了文友谐谑无状得寸进尺的弱点，故意装出欲恼不恼的神情来逗逗我们，果真如此，我们反而入了他的彀了。

要说思果总是供人谐谑，一味为幽默而牺牲，则又不尽然。碰巧在兴头上，他也会取笑别人，模仿一些名流的口音和语调，博四座一粲。他富有方言的天才，什么地方的口音一学就会。他自己是镇江人，国语略带镇江乡音，发现女画家洪娴竟是小同乡，有机会和她重温"母语"，高兴极了。镇江附近的京沪方言，他似乎也会好几种，却推崇宋淇沪音之正。他在九江住过，江西话不消说得。去年端午之夜，他来我家过节，饭后我们挂起三闾大夫佩剑行吟的拓像，和黄维梁、黄国彬四人诵起《离骚》来，思果用湘音缓吟，别有情韵。此外我还听他学桐城人和温州人的口吻，也颇乱真。至于他的粤语，在此地的"外江佬"之中，要算得是一流的，当然不像本地人那么道地，却也无拘无碍，雅达兼备，在我听来，已经够好的了。有一次在"青年文学奖"颁奖的讲评会上，众评判轮流上台。轮到思果，他竟用粤语侃侃讲了十分钟，听众听出他不是广东人，却欣赏一位"上海人"——本地人习称所有外省人为上海人——把粤语说得这么清爽，报以热烈的掌声，且在他原来无意幽默的地方触发了幽默的契机，引起满堂欢笑。

　　思果"单身"的时候，既是我家的常客，我家的四个女孩也认为他"唠叨"，却又忍不住要听下去，且听入了迷。唠叨为什么会迷人，确也费解。大概因为他娓娓而谈的时候，面部表情不但复杂，而且总略带夸张，话里的意义乃大为加强，又常在上下两句之间安上许多感叹词——

总而言之，这是散文家的随风咳唾，笔下既已如此，舌底下也不会太走样的。思果常在怀内的文章里说，蔡夫人来信总告诫他不要常来我家贪嘴打扰。我存和我都不以为然，认为这观念太"老派"了。单身汉吃双身汉，是天经地义。单身汉去朋友家做客，不但分享那家人的天伦之乐，也带给那家人新奇的乐趣，要说恩惠，也是互惠的。王尔德说："婚后的日子，三人始成伴，两人才不算。"其实许多夫妇最欢迎单身的客人，因为单身汉最自由，所以最好招待，又最寂寞，所以最易感动。何况思果又是这么矛盾，矛盾得这么有趣的一位客人！所以我有一次忍不住对他说："不要再唠叨了。你吃我一席酒，我听你一席谈，哪一样更美味，谁知道？有什么打扰呢？"

陈之藩

思果唠叨，陈之藩寡言。其间的对照，似乎也是他们散文风格的对照。散文家陈之藩不但寡言，终于似乎无言了。好多年不再见他的新作，但他的《旅美小简》等书仍然脍炙人口。今年年初他从韩国回来，立刻兴冲冲地来找我说："我去了板门店！两英里宽的非军事地带之内，居然住了一些老百姓，生活反而分外安全，那里面的飞禽走兽也自得其乐。两边比赛谁的旗杆高，真绝。我们下了游览车，谁也不许轻举妄动，连手臂也不许随便举起来……你一定得去看看，看了准会写诗！"我说："散文也可以写啊，你还是来一篇散文吧。"第二天高信疆打长途电话给我，我乘机告诉他陈之藩有这么一篇散文可写，不妨一邀。想来钉稿高手如信疆者，也钉不出一个结果来。陈之藩真是世界上最懒的散文家。

认识之藩，已经有二十六七年了，大概是吴炳钟介绍的，后来在梁实秋先生家里好像也见过几次，来往不频，说不上有多少私交。只记得当时他在编译馆任职，常译一些英国浪漫派的诗在报刊上发表，又是一位张秀亚迷，把她的散文集买了好多册来送给朋友共赏。他在北方读大学的时候，更是一位典型的文艺青年，常和胡适、沈从文等人通信，所以存信很多。梁先生戏称他为man of letters。后来他远去美国，我们也就很少见面。

一年半以前，之藩接中文大学之聘，从休士敦（休斯敦）来此地任讲座教授，教的不是文学，是电子学。之藩在国外成了科学学者，在国内却是文学名家，这种两栖生命是令人羡慕的。当今台湾的文坛上，能如此出入科、文之间的，除了张系国，我一时还想不起第三人来。英国小说家兼科学家史诺（斯诺）子爵在《两型文化与科学革命》

（《两种文化与科学革命》）一书中，慨叹传统的人文和现代的科学鸿沟日深，宜有桥梁以通两岸。若之藩者，诚可谓man of two cultures，可惜他近年只发表科学论文，却荒废了文学园地。其实像他这样的通人，应该像系国那样多写一些"通文"，来兼善两个天下才是。沙田七友是七座冰山，之藩之为冰山，底部恐更大于其他六座。他的科学家那一面，对我说来，已经不是冰山之麓，而是潜水艇了。

不谈山脚，且看山头。之藩好像从来不写文学批评，但自有一套武断的见地。夏志清论琦君时，认为散文家必须天生好记性，才能把一件往事、一片景色，在感性上交代详尽，使一切细节历历在目。之藩却说，记性好了便做不成散文家，因为熟忆古人的名篇警句，只有束手束脚，自惭形秽，无补于创造。有一次之藩直语思果，说他早期的散文胜于近期，思果以为知音。两位散文名家，一坦率，一谦逊，实在古德可风。又有一次他在山坡上遇见我，说我新发表的《菊颂》很有意思，"迎风红妆"那一句刺得最好。我说："给你看出来了。"他说："谁都看得出来。"后来他又指出《北望》里面写到天安门的一句，以为有预言之功。我说那只是巧合罢了。那几句诗是这样的：

　　月，是盘古的瘦耳冷冷

　　在天安门的小小的喧哗之外

　　俯向古神州无边的宁静

　　这首诗写于一九七六年二月，不久就发生了"四五天安门事件"，可谓巧合，也可说是冥冥之中心有所感吧。不过"四五事件"，在清明之次日，正是阴历三月初六，那时的弦月恰如一只瘦耳。

　　之藩在中文大学的宿舍，正好在我楼下，也是有缘，得以时常见面。至于陈夫人王节如女士，则一半时间住在台北，一半时间来香港陪他，所以较少见面。日子久了，才发现之藩独来独往，我行我素，而又大节不逾，小节不拘，直是魏晋名士风标。中文大学依山面海，自成天地，没有一条路不随山势回环，没有一扇窗不开向澄碧。之藩一见就大为动容，说"要知道这么美，早就来了。我去过各国的名大学，论校舍，中大平平，论校园，中大却是一流的"。他有糖尿病的初兆，医生要他少吃糖，多走路，因此山路之上经常见到一位穿浅咖啡色西服的中年教授，神思恍惚，步伐迟缓，踽踽然独行而来，独行而去。我在路上遇到他，十有六七他见不到我。不知他成天心里想什么，也许是在想他的电子学吧，如是则说了出来我也不懂。至于甜食，理论上他不敢贪嘴，实际上却心向往之，时常逶逶然从城里大包小盒地拎着糕点回来；其中最得意的一式，是家乡风味的老式鸡蛋糕，有小碗那么大，上面嵌些剥光的瓜子仁。这东西也是我父亲的"上品"，记得我小时候也爱吃的，却不知之藩在什么店里发现了，惊喜之余，买了无数回来，每次飨客，总要隆而重之夸而张之地再三推荐，唯恐朋友印象不深，且又以身作则，啖之咽咽，味之津津，真是可笑又可爱。

有一次他照例从九龙搬了大批点心回来，又照例被太太骂了一顿。为了釜底抽薪，趁他不在的时候，陈夫人把那些汤圆和糕饼之类一股脑儿提上楼来，送给我家。之藩好吃，是不争之事。他自诩有胃而无底，烙饼数张，饺子数十，悉数吞下，肚里却毫无动静，事后还要灌汤浇茶，也不觉有什么反应。思果的自我催眠，之藩的无我食量，简直一为梦神，一为灶仙，我这凡躯是修炼不来的。

之藩为人，想的比说的多，说的又比写的多。这样其实很好。如果有一个人，写的比说的多，说的又比想的多，岂不可怕？众人餐宴或聊天的时候，他总静静坐着，听得多，说得少，即使在听的时候，他也似乎不太专注，却也不会漏掉一句。在太太面前，他更其如此，总是把发言权让给太太，一任太太向朋友夸大他的恍惚和糊涂，且带着超然的微笑随众人反躬自嘲。听他太太说来，他没有买对过一样东西，不是东西不合用，便是价钱太贵。有一次他买了件衣服给太太，太太居然赞他挑得好，他立刻又为她买了一件，颜色和款式跟第一件完全相同。不论他在科学和文学上有多少成就，在太太眼里，他从来没有成熟过。对于太太亲切的呵斥，他总是孩子一般欣然受之，从不反驳。我想，太太大半是在后台看戏，是不作兴鼓掌叫好的。在太太们的眼里，世界上有几个丈夫是成熟的呢？

陈夫人出身旗人世家，小时候住在哈尔滨，三十年前初来台湾的时候，也在编译馆任职，乃与之藩结了姻缘。她颇通俄文，能票京戏，还做得一手好菜，尤其是北方的面食。俄文一道，无人能窥其奥。我学过两星期的那一点俄文，在健忘之筛里只剩下了半打单字，连发问也不够资格。京戏一道，自有热切的票友如思果者向她探听虚实，一探之下大为佩服，说她戏码戏文之熟不消说了，随口哼一段举例更有韵味。至于厨艺，当然有口共赏，只需粗具嘴馋的条件就行。两家来往，只要走十八级楼梯，所以我存常下楼去，跟她学烤烙饼，包饺子，端上桌来，果然香软可口。之藩则奔走灶下，穿梭于二主妇之间。他的手艺也有一套，据说是因为曾在军中掌厨，早有训练之故，这又是《旅美小简》的读者想象不到的了。

胡金铨

无论凭靠我家或之藩家阳台的栏杆，都可以俯眺蓝汪汪的吐露港和对岸山势起伏的八仙岭，却很少人知道，山麓那一条条浅黄色的印痕，正是胡金铨拍《迎春阁之风波》所用的一场外景。走近去看，就发现那些黄印子原来是为了建造船湾淡水湖挖山填海的遗迹，有些地方，像切蛋糕那样，露出有棱有角的黄土，面积也颇开旷，金铨灵机一动，就点化为群侠决战的"沙场"了。

我知胡金铨其人，是从《龙门客栈》开始的。当时我和一般"高眉"人士一样，以不看国产片自高，直到有一天，全城的人都在阔论《龙门客栈》，我如果再不去看，和朋友谈天时，就成了"题外人物"，只好在一隅傻笑了。一看之下大为倾倒，从此对国产片刮目相看，金铨的片子更不放过。除了早期的《大醉侠》，他的片子我全看过，有的甚至看过两遍。赏析金铨影艺的文章很多，我却愿意自撰一词，称他为"儒导"。这"儒"字，一方面是指儒家的忠义之气，一方面是指读书人的儒雅之气。金铨片里的侠士都有这么一点儒气，而金铨自己，平日就好读书，常与作家往还，不但富于书卷气，拍起片来，更是博览史籍，遍查典章，饶有学者气。就算放下电影，金铨也别有他的天地。他的中英文修养都高，英文说得漂亮，中文笔下也不含糊，著有评析老舍的专书。难怪最后找太太时，也找了一位女作家，不是一位女演员。

金铨善用演员之长而隐演员之短，徐枫如果没跟金铨，未必能够尽展所长。六年前的夏天，我从台湾去澳洲，在香港转机，小停数日。金铨接机，把我安置在他公司的宿舍里，他自己却不知去向。一觉醒来，才发现走廊对门而住的，竟是正在拍《忠烈图》的徐枫，还承她招呼我用早餐。当时我尚未看过她演的电影，所以印象不深，却记得她的气质不俗。据我看，徐枫在台下不算顶美，但在金铨的戏里，却是眉间英气慑众的冰美人，那英气，给微翘的鼻子婉婉一托，又透出几分柔妩，所以十分动人。看得出，她不是能言善道之人，表情的变化也不多，所以金铨安排她的角色，也是话少而动作多，结果非常有效。

金铨拍片之认真，是有名的。有一次听他说，在《侠女》拍摄时，为了需要古宅空庭芦苇萧萧的那一股荒味，他宁可歇几个月，等芦苇长高了再拍。这次他去韩国拍《空山灵雨》和《山中传奇》，天寒地冻，补给维艰，吃足了苦头。其中一场外景排在汉城（今首尔）郊外的一处古迹，叫作收御将台，却发现设有建台何年之类的英文说明，不堪入镜。金铨急嘱他太太钟玲在港找些元朝的文告资料，以便书为揭示，将那碍眼的英文遮去。我为他们在中大的图书馆借了一本《元典章》，结果韩国当局又不准张贴，金铨只好弄一棵什么树来挡住，才算解决。这当然只是他面对的一个小问题，已够人折腾半天，亦可见导戏之难。好在新婚之后，内外都添了得力助手，钟玲不但做了主妇，更成了他的编剧，写了《山中传奇》的脚本。现在轮到心焦的影迷，包括沙田诸友，来等新片上演。

我和金铨也不常见面，大概一年也只有三五次。席上宴余听他谈天，可谓一景。金铨是一个神气活现的小个子，不知为什么，我从来没见他沮丧过。他最爱穿绣有Safari字样的浅色猎装，把新剃后下巴上一片青青的须桩衬得分外鲜明。他从演员做到导演，在影剧天地里不知翻过多少筋斗，口才又好，说起故事论起人物来，浓眉飞扬，大眼圆睁，脸上的表情大有可观。他交代故事总是一气呵成，势如破竹，几番兔起鹘落便已画龙点睛，到了终点。他一面说，一面绘声图影，一张嘴分成两个人，此问彼答，你呼我应，也不知怎么忙得过来的。这种独角相声是他的绝技，不但表情逼真，而且跳接迅快，你一分神，他已经说完了。在我记忆之中，好像只有梁实秋先生能有一比。这样子的人，方言一定也不含糊的，金铨当然不例外。他学上海和扬州的口音，每次都逗我存和我发笑。其实钟玲口齿也很灵便，只是不像他这么爱演谐角罢了。可是智者千虑，必有一失。金铨也有不济的时候，那便是醉酒之后。我至少见他醉过两次，不尽酩酊，却也不止微醺，形之于外的，是目光迟滞，像照相时不幸眼皮将合未合的那种表情，而且言语嗫嚅，反应不准，像一架失灵的高能电脑。有谁不信，我有照片为证。

刘国松

金铨虽说常醉，毕竟由于屡饮，其实他是颇有酒量的。朋友之中最不善饮到了滴酒酡颜之境的，首推刘国松。画家善饮，中外同然，唯独我们这位大画家，一口尚未落肚，玉山早已颓然。此人气壮声洪，说起话来，一口刚劲的山东乡音挟豪笑以俱下，不论有理无理，总能先声夺人。打起长途电话来，也是一泻千里，把一刻千金的账单全不摆在心上。可惜处处豪放，除了杜康，朋友提壶劝酒的紧要关头，总是死命捂着酒杯，真应了小杜的一句"唯觉尊前笑不成"。烟是更不抽的，所以我常笑他，不云不雨，不成气候。只怪他肠中没有酒虫，鼻中没有烟窍，除了苦笑，也莫可奈何。

沙田七友之中，第一近邻自然是楼下的之藩，其次就是对面宿舍高栖九楼的国松了。只要隔着院落看他窗口有无灯火，就知道画家在不在家，连电话也无须打。他一人独住，也是一个有妻、有期的单身汉，所以也成了我家的常客，有时更过来同赏电视。其实我们真正共享的，是世界各地来访的朋友——我国台湾来的何怀硕、林文月，美国来的许芥昱、杨世彭、许以祺，意大利来的萧勤，澳洲来的李克曼，我们此呼彼应，顷刻之间便聚在一起了。单身的远客往往就住在国松的楼上，同寝共餐，旬日流连。许芥昱和李克曼都先后住过。李克曼"挂单"的那几天，不巧我正忙别的事情，只在他临行的上午匆匆一晤。他把自己主编的《四分仪》（*Quadrant*）月刊中国专号送我一本，问我对大陆近日的"开放政策"有何看法。我说："你是专家，怎么问我？"许芥昱好像住得久些，又值我较为得闲，有缘相与盘桓。我的照相簿之中，还有他和我家蓝宝宝合影的一帧，最是可珍。他在单身汉的空房挂单，两个单身汉挂在一起却不成双，我对国松说，他的寓所可称为"单挂号"。那一阵子只见单身汉出双入对，许公的银髯飘飘，刘郎的黑髭苗苗，两部胡子彼此掩护，我和我存临窗眺见，总不免感到好笑。

国松唇上那一排短髭并不难看，只可惜坐拥如此的戟髯竟不解痛饮，真是虚张声势了。他为什么想起要蓄髭，事先有未取得太太同意，非我所知。五年前我也曾放下剃刀，一任乱髭自由发，养了两个礼拜，镜子里看来似乎也有点规模了，我存倒没说什么，只是姑息地好笑，却被尚俭看见，笑我黑白二毛，不够统一。一沮之下，尽付与无情的锋刃。但每次见到国松，在五官之外无端又添上半官，雄辩滔滔之际，唇张须扬，还是可羡的。国松鲁人，一次在宴请怀硕的席上，大家称他作鲁男子，他欣然受之。国松交友和谈话，多是直来直往，确为粗线条作风。他在寓所请吃牛肉面时，人多而家具少的大空厅上，他一个人的直嗓子响遏行云，压倒一屋子客人混沌的噪音。在他的功过表上，世界上似乎只分好坏两种人，一目了然，倒也省了不少事。说方言的本领也很有限，旅港六七年，广东话依然水皮，比思果和金铨显然不足。但是他的水墨山水，云缭烟绕，峰回岭转，或则球悬碧落，月浮青冥，造化之胜悉来腕底，却显然需要千窍的机心，不是一位鲁男子可以误打误撞出来的。介于两极之间，我始终不能断定哪一个是他——那吆喝的鲁人，或是超逸的画家。

　　初识国松，忽忽已是二十年前的事了，于今回顾，前尘历历在心，好像只是上星期的事情。当时他自然没有灰鬓，我也不见斑发，他是挣扎求存的穷画家，我也是出道未久的青年诗人。两股刚刚出山的泉水，清流淙淙，都有奔赴大海的雄心，到了历史转折的三角河洲，自然便合流了。最近之藩还向我问起许常惠的近况，他说："见到你和国松在一起，就想起常惠。以前你们三位一体，老在一块儿的。"之藩说的是十六七年前的"文星时代"。那时三人确是常在一起，隔行而不隔山的三泉汇成一水，波涛相激，礁石同当，在共有的两岸之间向前推进，以寻找中国现代文艺的出海口相互勉励。当时台湾的文艺颇尚西化，我们三人的合流却多少成为一股逆流。无论在创作或理论上，我们都坚持，学习西方的文艺只是一种手段，创造中国的现代文艺才是终极的目标，至于本土的传统，不能止于继承，必须推陈出新，绝处求变。这一番大话当然是高悬的理想，能做到几分谁也不敢说，不过三个人未背初衷，都还在寻找各自的，也许最后仍是共同的出海口。

我常觉得艺术家有两大考验，一是中年，一是成名。往往，两者是一而二的。许多艺术家少壮时才思焕发，一鼓作气，也能有所创造，但蕴藏不厚，一到中年，便无以为继了。我相信一个人的艺术生命也会有更年期的。穷则变，变则通，恐怕是每位艺术家迟早要面临的挑战吧。至于成名之为考验，对艺术家而言，恐亦不下于失败。失败能使艺术家沮丧，但不成名并不等于失败，成名也不一定就是成功。失败固能使人气馁，成名也能使人满足，满足于已有的一切，满足于稳定的地位和安逸的生活，满足于重复成名作的风格。

国松在国际艺坛上享誉日隆，今年夏天更以亚洲分会会长的身份出席在澳洲亚德雷（阿德莱德）城举行的国际美术教育协会会议，并在该城与墨尔本举行个人画展。前述的两大考验之中，第一个考验国松当可通过，因为他早已进入中年而仍创作不辍。第二个考验能否通过，尚有待时间来印证。我深深感到，逆境难处，顺境更不易。这几年来国松新作的风格似乎变化不大，技巧的经营似乎多于意境的拓展。从山水的视觉到太空的视觉，曾是他的一大突破，但太空视觉之后呢？我期待着另一次的突破。二十年前，我们每次见面，总看得出他正在酝酿新作，并热衷画理的探讨。现在这种气氛似乎淡了。他当初的画友全散了，论战的"敌方"也不再威胁他——目前他所处的是一种"危险的顺境"。我深深怀念从前的日子。

黄维梁

我家厨房的碗橱里，有一只长颈胖肚的七寸小瓶，外髹褐釉，里面盛的是我自制的茱萸酒，用辛辣的茱萸子泡在绍兴酒里配成。两年前的重九，维梁刚从美国回港，来中文大学任教，我邀他和太太江宁来家里吃饭，便开樽以飨新科博士。酒味颇烈，主客又皆不善饮，半樽而止。后来向我存索饮，便叫它作"维梁酒"，她也知道是何所指。客厅壁炉之上，有一条黑石的搁板，纷然并列的饰物珍玩之间，有三件陶瓷小品最富纪念价值，因此最逗我巡回的目光。中间的一件是丹麦人鱼公主石上踞坐的瓷像，色调鲜浅，轮廓温柔。右边也是丹麦特产的瓷像，状为农家少女跪地为母牛挤奶，那母牛回过头来，亲切地对着少女，更越过她低俯的头上，望着海底上来的人鱼公主。两件瓷器都是我从哥本哈根带回来的。左边的陶艺，则是诗仙李白半倚在石几之上，右手搦管临纸，微扬的脸部将目光投向远处，似待诗兴之来，而身畔隆然，正是一坛美酒。诗仙乌帽青衫，风神朗爽，长髯飘飘欲动，真有出尘之想。但他目光所及，也正是那撩人遐想的人鱼；这么安排，似乎对李白有点失敬，不过礼教原不为诗仙而设，果真诗仙邂逅水灵，也许惊艳之余，一首七绝立挥而就，也未可知。这绝妙的陶像是维梁和国彬两对伉俪送我的生日礼物，鼓励我——多多写诗，不是多窥人鱼。

　　诗，正是维梁、国彬和我的文字因缘。也是我和千万朋友，识与不识的文字因缘。"太初有字，神其倡之，即字即神。"正好借喻来做我的脚注。我和维梁相识，也是从字开始，因字而及人的。该是"文星时代"的末期，维梁还在新亚书院读书，看过我的作品，屡在香港的刊物上用游之夏的笔名撰文评介。一九六九年春天，我来港开会，绍铭邀我到崇基演讲，维梁也在座中。后来他和十几位青年作者去富都酒店看我，面对全是陌生的脸孔，又且忙于答问，同时也弄不清黄维梁就是游之夏，匆匆一叙并未把"字"还原为"人"。那年秋天，也是巧合，他从香港，我从台湾，都去了美国；他远征奥克拉荷马（俄克拉荷马）的静水镇，修习新闻，我则高栖丹佛，两地相去约六百英里。第二年的感恩节，他驾了白色的科维尔（Corvair），迢迢从静水镇北上丹佛来看我，正值商禽等几位朋友也从爱奥华赶来，一时热闹异常，欢叙三日才依依别去。记得相聚的第二天 主人带客登落矶大山游红石剧场，我驾自己的鹿轩（Impala）载着家人前导，维梁则载着众客后随。落矶山高坡峻，果然名不虚传，到了半山，原来的鹅毛小雪骤密起来，紧要关头，正如维梁所担心，那老爷车科维尔忽然尾扬白烟，显然引擎过热，只好赶快熄火，推向路旁。最后总算蹒跚开去一家加油站，留车待修。众人并不气馁，改乘鹿轩登高赏雪，然后由我分两次载家人和客人回去丹佛，足足乱了一天。后来在中文大学同事，维梁又驾了一辆老爷白车，谨慎从事，担足了心。所以记忆里的维梁，总是一位驱策顽驽困顿道途的烦恼骑士。不料近日他一气之下，逐走老驽，牵来新驹，唤我下楼相马。原来是一辆湖绿色的可睇娜（科蒂纳，Cortina），从此驰骋生风，变了快乐骑士。

在美国见到维梁时，他还是一个漂泊的单身汉，学业未成，所修亦非所好，容颜不算丰满。两年前在沙田重逢，这一切都变了。他胖了起来，不但结了婚，且做了一个小女孩的爸爸。太太江宁出身于台大中文系，人极清雅，正怀着第二个孩子。维梁在俄亥俄州立大学获得文学博士学位，现任中文系讲师，颇受学生欢迎。也许在他眼里，我的变化更多——九年前那位中年作家早生了华发，湖海豪气，山河乡心，一半得向早岁的诗韵文风里去追寻了，所幸者，手里的这支笔缪思（缪斯）尚未讨还。

维梁体貌既丰，亦有减胖之意，一度与周英雄等少壮派拜在思果门下，勤习太极拳法，不知怎的，似乎未见实效。所以他最怕热，夏天来我家做客，全家都感到紧张，深恐热坏了他。他坐在那里，先是强自忍住，一任汗出如蒸，继而坐立不安，仓皇四顾，看是否仍有一扇窗挡在他和清风之间，未尽开敞，终于忍不住站了起来，把所有的窗户逐一扭开，到再扭便断的程度，好像整个房间串了恐闭症（claustrophobia）一般。其实这时户外并无风的喜讯，他这样做，除了汗出加剧，毫无益处，主人看了，心里更热。其实釜底抽薪之法，端在减胖，如能减到我这般瘦，问题自然消失——到了那时再烦心冬天怕冷，也不算迟，何况亚热带原就冬短夏长。看到维梁怕热，我就想到纪晓岚和乾隆之间的趣事。如果我预言不差，只怕维梁不容易瘦回去了，加以他性情温厚，语调在深邃富足之余有金石声，乃是寿征，很有希望在晚年做一个达观而发福的文豪。也许正因自己太瘦，潜意识里总觉得文豪该胖，像约翰生、柯立基（柯勒律治）和蔡斯德敦（切斯特顿）那样才好，至于瘦子如萧伯纳、乔艾斯者，分量总像轻些。

这话并不是全然滑稽。今日台、港和海外年轻一代的文学学者，人才济济，潜力甚厚，前途是十分乐观的。维梁正是其间的中坚。思果常对我说，他和英雄、国彬、维梁交接，常惊于他们的潜厚与淹通，宋淇对他们也具厚望。维梁出身新亚中文系，复佐以西洋文学之修养，在出身外文复回归中文的一般比较文学学者之间，算是一个异数。他动笔既早，挥笔又勤，于文学批评不但能写，抑且敢言，假以时日，不难成为现代文坛一个有力的声音。对于诗，他久有一份崇敬与热爱，不但熟研古典诗论，更推而广之，及于早期的新诗和台港两地的现代诗。在香港文学界，了解并关心两地诗运的青年学者，像维梁这样的并不多见。

他论析古典诗评的《中国诗学纵横论》一书，已经留下颇深的印象，博得若干好评，至于散篇的文章，像对于郑愁予和黄国彬的评析，也详尽而有见地，与一般泛述草评的短文颇不相同，将来辑成专书，当有健康的影响。

沙田七友之中，只有维梁是粤人，且最年轻。或有"势奴"（snob）之辈咤而怪之，谓彼何人哉，乃附六友之末？在此我要声明，这只是兴至记趣的长篇小品，近于英人随笔的促膝笔谈，所谓familiar essay者是也，初非月旦人物品评文章之学术论文，所以只字片言及于价值判断者，都不脱主观而带感情。何况波浪相推，今之后浪，他日终成前浪，代有才人，百年而后，究竟谁是龙头，谁是骥尾？至于友而举七，也只是取其吉数，浑成动听而已。此后有缘，或竟扩而充之，变成八友、九友，至于十二友之多，亦未可知。

一九七八年十二月十四日

板报员 34

板报小林